岸本葉子

60代、不安はあるけど、今が好き

中央公論新社

60代、不安はあるけど、今が好き ＊目次

60代、不安はあるけど、今が好き

まさかの転倒

まさかあんなところで転ぶとは。悪路ではなくふつうの道、しかも渋谷の真ん中で。午後4時台、渋谷駅へと急いでいた。退勤ラッシュの始まる前に電車に乗ろう。歩道は若者や観光客でいっぱい。スマホやドリンクを手にそぞろ歩きしている間をすり抜けながら進んでいくと、スクランブル交差点のひとつ手前の信号が青に。すかさず一歩踏み出したとたん、ゴン！　自分でも驚くような音とともに前へ倒れていた。左手首と右膝(みぎひざ)を突いて。

勢い余って一回転しそうなのを、その2箇所で止めた感じ。硬くてものものしい響きには、骨が舗装面に当たった音も入っていたと思われる。

「だ、だいじょうぶですか」。黒革の短パンから伸びた長い足が見え、目を上げれば、鼻ピアスの若い女性が手を差し出していた。外国人はいちように「オー！」と口を開け棒立ちしている。後ろからも視線が。この人だかりはもしかして私が作っている？

「だいじょうぶです、ありがとうございます、すみません、お騒がせして」。恥ずかしがるときの人の常で必要以上に愛想よくふるまい、青信号の残り時間で横断歩道を逃げるように。

渡りきって振り向くと、歩道と車道の間にはタイヤ止めのようなブロックがあり、横断歩道へ斜めに踏み出した私は、それにつまずいたと考えられる。「何でもないところで転んだ」のではないとわかってホッとするも、痛さは相当。電車に乗ってから確認すると、左手首は内出血し、パンツの右膝の部分は破れていたから、どれほど強く打ちつけたのか。あの衝撃では骨にヒビくらい入ったかもと、降りる駅の近くの整形外科を右手で検索。左手にスマホを持って、右の人差し指で押したい私には、たいへん不便だ。乗っている間に腫れることはなく、とりあえず家でようすを見よう。

帰宅すると、右膝は大きなタンコブができていた。左手首の痛さはペットボトルのフタの開け閉めにも難儀するほど。それでも日ごとに収まって、骨はなんともなかったようで、胸をなで下ろす。右膝の内出血は、丸い形をしていたのが楕円状に垂れ、かつ位置が下がってきて「重力はこんなところにもはたらいているのか」と感心した。

ショックは尾を引いている。「何でもないところで転んだ」のではないにしても、今まででなら踏みとどまれた。駐輪場の暗がりに落ちていた、レジ袋の持ち手の輪に足をひっかけ、思い切りつんのめったときも、瞬間的に態勢を立て直した。「スタミナはなくても敏(びん)

捷性（しょうせい）は結構あるな。運動しているからかも」と気をよくしたが、過信だったか。

早歩きの癖も改めないと。私はせっかちらしく、観光客溢（あふ）れる渋谷に限らずどこでも、周囲の歩みが遅いと感じてしまう。先を急ぐより足元を見よ！　シニアあるあるで、自分で思うほど足が上がっていないのかもしれない。

整形外科に行くかどうか考え、スマホで調べていて知ったのは、転倒による手首の骨折がシニアには多いこと。特に女性は骨密度が下がる。注意しないと。

階段を踏み外す

シニアは転倒に気をつけようといわれる。骨が脆(もろ)くなっていて骨折しやすく、自信を失って歩かなくもなりがちで、体の衰えをまねくからと。だのに転んだ。信号が青に変わり「それっ」とばかりに横断歩道へ踏み出して。危うく前へ一回転しそうな勢いだった。

道の真ん中で転ぶのは恥ずかしいもの。「だいじょうぶです、だいじょうぶです」。照れ隠しもあり口数多く立ち上がって、たいしたことないふうを装うが、後から痛みがやって来る。骨折こそ免れたが、打撲の影響は大きくて、特に手首は、ペットボトルのキャップを開け閉めするのにも難儀するほどだった。

歩道と車道の間にタイヤ止めのような出っ張りがあり、つまずいたのだと思い込んでいた。でもそれは、何でもないところで転んだショックを避けたいがゆえの、記憶の加工だったらしい。後日同じ場所へ行ったら出っ張りはなく、単に車道が歩道より1段下がっていただけだった。その1段を踏み外したようである。

知人に話すと「私は駅の階段で転んだことがある」と怖いことをいう。真っ逆(さか)さまに落ちたわけではないけれど、かなりの段数。階段の全長の3分の1ほどに及んだそうだ。右足を踏み外して、とっさに肩を前に出すように背を丸めると、頭を右に寝転がった形でごろんごろんと落ちていく。駅の階段は広いしつかめるものもないので、自分ではどうしようもないまま加速度がつき、ようやく平らなところに着いて止まった。

階段に「踊り場」のある意味が、身にしみてわかったという。息が切れたり足が重くなったりしたときの小休止のためと、知人は考えていた。それ以上に、落ちたとき途中で止まれるためなのだ。

幸い人がよけてくれて巻き込まずにすんだけど、階段じゅうの動きが止まり、視線が自分に集まっている。きまり悪いのと情けないのと、自分でも信じられない思いがいっきに押し寄せて「すみません、すみません」。誰にともなく謝り、逃げるようにその場を離れたが、相当痛い。

整形外科を受診すると、あちこちを打撲していて「よく骨折しなかったですね」と驚かれたそうだ。私も感心する。柔道でいう受け身の姿勢がよほどうまかったのか、あるいは骨が人一倍丈夫なのか。

スマホを操作していたわけでもなく「ふつうに歩いていただけでなぜ」。知人はいたく自信を失っていたが、骨折しなかったことは誇っていいのではと思うのだった。

座るか譲るか

シニアの入口にいる私が外出先で悩むのが「席に座るか」問題だ。公共の乗り物内や休憩所、ちょっとの間何かする場所で、腰かけるところが少なかったり、空いているのが優先席だけであったりするときに。

ホンネを言えば座りたい。外出そのものが疲れるし、人混みにも消耗する。電車だったらホームにたどり着くまでの階段の上り下りで、すでに息が切れている。荷物もちょっと置きたいし。

けど60代は中途半端。髪の張りのなさや肌のくたびれ加減は、まぎれもなく年である。夜の窓に映ると特に、目の下のたるみとほうれい線が影を落として、われながらがっかりするほど老け顔だ。一方で優先席のマークに描かれるような、腰が曲がり杖をついたわかりやすい高齢者ではない。その私が座っていいものかどうか。

周囲に自分より年上そうな人がいなければ、空席へ進む。ただ、優先席問題でよく議論になるとおり、人は見た目では判断できない。ゆえに反対側からその席めざして来る人があれば、若かろうが颯爽とした歩みだろうが、その人の座るに任せる。足を速めて争うのは、座れても座れなくてもかっこう悪いことのように思う。それでいて、相手が腰かけるや否やノートパソコンを広げたりスマホでゲームを始めたりすると、微妙な心持ちになるのである。優先席で若い女性が元気いっぱい喋っていても同様だ。見た目ではないと自分に言い聞かせつつも「もう少ししおらしく座っていてもいいのでは」と思ってしまう。

自分が優先席に座れば座るで、体は助かるものの、今度は人を微妙な心持ちにさせていないかと落ち着かない。できれば避けたく、座ったのち一般席が空いたらそちらへ移ることもある。

座っていて人に譲る判断も難しい。スポーツクラブの更衣室の身づくろいするスペースには椅子が数個。座って髪を乾かしていると、左に年上の女性が来て、立ったまま化粧直しを始める。「どうぞ」。空いている右の椅子へずれると「いい！　若いから」。きっぱりと断られた。

判断を誤った。ぴったりとしたウェアを着けスタジオレッスンで常に最前列にいる人だ。席を譲られるなんて、年寄り扱いと感じ気分を害したのでは。

別の日、更衣室出口で椅子に腰かけ靴の紐を結んでいると、同じ人が左に立ち、靴をはき始める。私が立つと、私の前を回り込んでその椅子に座った。私へ向いてひとこと「年寄りには席を譲るものよ」。

先にはき終えて去る後ろ姿に呆然とした。こ、この前の人ですよね？「それもあなたの判断が悪い」。人に話すと指摘された。化粧直しと違って靴をはくときは、片足立ちになりぐらつくと。「状況によって、もっと臨機応変に！」。

座るも譲るのもボーッとしていてはいけないのだ。座りたいと思わない体でいるのが、シニアの理想なのだろうけれど。

タッチパネルで注文を

ときどき入るカレーのチェーン店がある。用事で行く駅に近く、限られた時間で食事をするのに便利だ。注文は決まっている。野菜だしのルウで具は魚介。

初めてのときはとまどった。テーブルに備え付けのメニューは大判で、パウチ加工されたページが何枚も。選ぶ項目は、ルウのだし、具、辛さ、ご飯の量、具のほかに加えるトッピングなど多岐にわたる。学習のかいあって近頃はスムーズに注文できるようになっていた。

しばらくぶりに行った先日いつものようにメニューブックを取り「お願いします」。スタッフに声をかける。「ご注文はそちらからになります」。指されて見れば、メニューブックを立てた台の下にタッチパネルが新設されている。セルフ式になったのか。スタッフはすかさず「私が伺うこともできます」。

瞬時に悟った。これはたぶん今の飲食店に「あるある」のシーン。人手不足への対応でタッチパネルを導入するが、操作に不慣れな高齢者はこまやかにフォローせよとの、チェーンの方針なのだろう。

「やってみます」と宣言。テーブルの上のは初めてだが、タッチパネルの券売機ならとんかつのチェーン店で経験ずみだ。入ったことのない店でたいそう困惑した。ここでは何をどんな順で選ぶか、わかっている。

操作のコツもあのとき学んだ。画面中央に大きな写真が出るメニューの圧を受けるが、まどわされず、画面の端に文字で表示されるインデックスから、選ぶべき項目を落ち着いて探すのだ。パネルが反応するよう、指を握り込みよく湿らせて臨んだ。

難度は低いと判断したものの、やはり緊張する。従来方式を申し出てくれたのを断ったのだ。やってみて「やはりお願いします」と呼んでは、余計手のかかる人になってしまう。

いきなり迷った。メニューブックはめくって早々に、だし別のページがあり、そこで「野菜」→「魚介」と進んだのだが、パネルのインデックスに、だしによる分類は見当たらず……。

焦る。が、途中で止めるわけにいかない。なんとかしてやり抜かねば。

インデックスに「魚介」の文字はある。これをタップすれば「野菜」を選ぶページへ行けるのでは。

予想は的中。以後は順調に注文までたどり着けた。

溜め息。だし→具か、具→だしか。フローチャートがひとつ違うだけで小パニックだ。

けれど慣れればこちらの方が早いかも。飲食店の注文で常々疑問だったのが「お決まりの頃伺います」というセリフ。「お決まりの頃」がどうやってわかるのか。メニューを置いてそれらしく顔を上げたり、気づかれないと挙手をしたり。セルフ式ならあの待ち時間がなくなり、スタッフも来なくてよくなり、効率化は図れそう。

カレー店の帰り、牛丼店の前を通った。壁の電光掲示板には、病院の会計の出来上がりを示すような番号が。食券の番号であり、自分で取りにいくらしい。ここは配膳までセルフ式か。

人に手をかけられるのが何よりの贅沢になりつつあると実感した。

キャッシュ払いは少数派？

工事をしていた駐輪場へしばらくぶりに行くと、係員が料金を徴収していたのが、機械式に変わっていた。精算機の前で高齢の女性がとまどっている。100円を投入したのに精算済みにならないという。料金案内をよく見れば、交通系カードで100円、現金では110円とある。支払い方法により異なるのだ。説明すると女性は「現金の方が不利なの？　1割も高いの？」と憤慨し「交通系カードなんて持っていないのに」と嘆いた。

私も少々驚いた。電車の運賃も、まさしく交通系カードによって改札機で決済するのと、現金を券売機に入れて切符を買うのとでは異なる。が、1割もの差はつかず、現金が必ずしも不利なわけでもない。

運賃が、カード決済では1円単位、切符では10円単位で設定されるためで、同額のこともあれば、四捨五入して現金の方が安くなることもある。端数の出ないようにし、券売機で購入する際の便宜をはかったものと受け止めていた。

それと違って、今回遭遇した駐輪場の料金設定には、カード決済へのはっきりした誘導を感じる。考えてみれば現金では、精算機に溜まった硬貨を集めに来て、数え、銀行へ運ぶ人手が要る。カード決済なら省力化できる。

キャッシュレス化推進の背景には、労働力人口の減少がある。キャッシュレス化により、レジ締めなど現金管理にまつわる業務や、ＡＴＭの設置・運営にかかるコストを下げ、生産性を上げることが目的だそうだ。すでにキャッシュレス決済になじんだ外国人訪日客の、消費を拡大する効果も期待されている。

私自身はまだ現金払いが習慣だ。コロナ禍のスーパーでこそ、感染症対策と待ち時間短縮のため、キャッシュレスにしたが、それ以外の店舗やタクシーではためらいがある。カード払いは手数料を事業者が負担せねばならず「お客さんにとっては同じ金額でも、こちらは実入りが減る」と言われた経験が身にしみている。

けれども今後、現金があきらかに不利、もしくはまったく使えないところが増えてくれば、感覚は変わりそうだ。

駐輪場で憤慨していた女性が交通系カードを作るのか、不満を抱きつつ110円を払っていくのか、気になるところだ。

まだまだ途上、セルフレジ

セルフレジの店が増えている。外出先で熱中症の兆候をおぼえ、コンビニで水を1本買う際利用した。初めての利用に不安はあったが、精算機の読み取り部へ商品のバーコードをかざせば、容易にできた。スピーディーで店員とのやりとりもなく、急ぐときや会話が負担なときは、これからも使おうと思った。

スムーズに行かないケースもある。とある日用品のチェーンは、有人レジは設けられているものの閉ざされて、セルフレジのみだった。精算機へ商品を近づけるのではなく、ハンドスキャナーという手に持つ読み取り機を、商品へ近づける方式だ。この読み取り機が何度向けても、角度や距離を変えても反応しない。後ろに客がいたら、待たせる心苦しさに購入を止めただろう。幸い空いており、店員を探してきて聞くと、バーコードに向けるだけでは読み取らず、持ち手を強く握り込んではじめて反応するという。

利用のハードルが高く感じた。ハンドスキャナーを操作したことがないとわかりづらいし、握り込む部分は固く、高齢者をはじめ指の力の弱い人には困難だろう。

ことほどさようにセルフレジはまちまちだ。同じ精算機へ近づける方式でも、店内かごをレジの右に置くか左に置くか、パネルのどこを押すとスタートか。硬貨の投入口は、お札の向きは、クレジットカードは差し込むかタッチするのか、など。その上メンバーズカードの確認、ポイントやクーポンの利用となると、操作できる気がしない。

新しい機械やシステムの導入に際しては、適応力の乏しい高齢者への配慮が呼びかけられる。が、スーパーで見ている限り、セルフレジがあっても有人レジに並んでいる人に年齢の別はない。有人レジに列ができていて、セルフレジがガラガラというのは、とてもよくある光景だ。

セルフレジを選ばない理由を知人に聞くと、ファミリー世代は「小さい子を連れて1点1点スキャンするのは無理。家族が多いぶん買う点数も多いし」とのことだった。若く、ひとりで行く人も「単に面倒。作りとか操作の順番が店によって違いすぎて」。同感だ。

労働力不足を背景に、本腰を入れてセルフレジ化を推進するなら、規格の統一をもう少し図ってはどうだろうか。

操作の困難な人への対応には、従来型有人レジや、読み取りだけ店員が行い精算は機械でするセミセルフレジを、併せて設けることが必要だろう。セルフレジでは買い物に消極的になる人を呼び込む効果も期待できそうだ。

たまる小銭

家に小銭がたまっている。プラスチックの仕分けケースに入れてある。種類ごとに列をなすよう並べておけるもの。買い物のたび少しずつ財布に移し減らそうとするが、むしろ増えて帰ってくる。銀行や郵便局へ大量に持ち込むのは迷惑と聞く。日頃世話になる宅配便の人に「うちは小銭だけはたくさんあるので、着払いのお釣りに困ったら寄って下さい」と言うとありがたがられ、いちど来たが、一円玉と五円玉は持っていかずじまいだった。

高齢者に小銭がたまりがちなのは、とっさの計算ができずお札で払ってしまうからだと、よく説明される。必ずしもあてはまらないように私は思う。律儀な世代。「店の人が両替に行くのはたいへんだから、お釣りの小銭がなるべく少なくすむよう払いなさい」と教えられ、計算する習慣が身についている。634円とレジで示されたら34円がないかと探し、もう100円あれば千円札と134円を出し、お釣りは五百円玉1枚ですむな、など。

問題はその先だ。計算した小銭を取り出せない。小銭入れの口が大きく開く財布だが、なにぶん視力が落ちている。小銭どうしが中で重なり五円玉の穴が隠れていると、くすんだ茶色の十円玉と判別しにくい。一円玉も百円玉と似て見える。

目当ての玉をつまむにもひと苦労。引き寄せるつもりで奥へ追いやってしまうとか。指先の感覚も鈍くなっているのだろう。

律儀なゆえに、レジの人を待たせているのが申し訳なく、結局千円札1枚を。お釣りの366円ぶんの小銭がまた増える。

昔、高齢の女性がレジで財布の中味をトレイにあけて「ここからとって」と言ったのには驚いたけど、今ならわかる。焦って財布を取り落とし小銭をばらまいてしまうなど、情けなく恥ずかしい思いをたぶんしてきたのだ。なじみの店の人なら任せたくもなろう。

スーパーにセルフレジが普及してきてから、小銭は余計たまるようになった気がする。セルフレジのつくりはスーパーによって微妙に違い「レジ袋不要はどこを押せば？　カード払いは？」などととまどううち、後ろに人が来てついお札を。「スマホ決済にすればいいのに」と後ろの人は思うだろうけど、指先と目が衰えた者は、スマホにするとよりもたつきそう。

コンビニのセミセルフレジで通販の代金を払い込むときが、私にとってプレッシャーなく小銭を使える数少ない機会だ。払込用紙により前もって額がわかっている。ちょうどの小銭を仕分けケースから揃えて、持っていく。その際に五円玉と一円玉を心持ち多めにする。セミセルフレジでは、店の人が用紙を処理し、お金を投入するのは自分である。小銭が多すぎると投入口が詰まるので、端数が82円なら22円ぶんだけ五円玉と一円玉を取り混ぜて、というふうに。

行き場がなくなりがちな小銭だが、まぎれもなくお金。迷惑にならないよう使っていきたい。

老後破綻を防ぎたい

老後のお金のことは、薄々だが常に気になっている。今はまだ働いているものの、やがてはリタイアするときが来る。

「現役時代は年収1千万超のAさん、まさかの老後破綻の危機に」といった記事がメディアにあると熟読してしまう。記事中のAさんと自分を比べ、安心材料を探すような読み方だ。現役時代のクセでつい店で仲間におごってしまうとあれば「私は外食しないし」。車にお金がかかるとあれば「そもそも免許持っていないし」。

不健全な読み方。改善点を探す気で読まなければ。

その種の記事はたいていファイナンシャルプランナー（以下FP）の助言とセットである。助言からは、現役時代の消費水準のままではいけないことが、まずわかる。収入に合わせ支出を下げないと。

私は例えば、日々の張り合いであるジムでのダンスも、いざとなったらあきらめて、近所の体育館や公民館に移る覚悟はできているつもり。でも今買っている米や野菜の質を落とすことができるかとなると、覚悟は揺らぐ。いや「できるか」ではない、「やる」しかないのだ。

ＦＰさんの助言は他に、現役時代からの計画的な貯金、資産運用、家や車のローンは早めに完済、年金をくり下げ受給で額を増やすなど。数字にうとい私は、資産運用はリスキーなので、それ以外の方法で、老後破綻を防がねば。

年金はくり下げられそう。自宅ローンは完済した。が、親のため購入した家のローンが残っている。その家からは親亡き後賃料収入を得ており、すると月々のローンの引き落としは「貯金」といえるか？　それとも早々と返すべき「負債」？　頭の中の霧が濃くなる。

こういうことを相談すればいいのかも。確定申告を自分には無理そうと思って、税理士さんに依頼しているように。企業によっては退職前にＦＰさんとの面談が設けられると聞く。

モヤモヤしたままではそれこそ不健全。霧を払ってスッキリするのを、現役のうちの目標にした。

年金を申請する

年金請求書が少し前に来た。届いたときは「まだ先だな」。受け取りを繰り下げることはあっても、繰り上げることはないつもりだ。

案内文をよく読むと、請求書は「特別支給の老齢厚生年金」のためのもの。原則65歳からだが、一定の要件を満たす人は62歳から受け取れるという。私は20代のわずかな間会社勤めをしていたことがある。

案内文で目を見張ったのが、この年金は請求を遅らせても増額されず、むしろ受け取れなくなる場合があるということ。それはたいへん。申請せねば。

申請全般に不安のある私、インボイスの登録すら税理士さんに依頼してしまったほどだ。今回も不安だが、より多くの人が対象だ。とにかく指示のとおり、問いに順に答えていけば、支給にたどり着けるものと信じて取り組む。年金関係のいっさいを保管してあるはずのファイルを傍らにして。

申請書に印字された厚生年金、国民年金の加入歴をファイルと突き合わせる。年金手帳のビニールカバーは透明だったものが飴色に変わりビンテージ感がすごい。製造者は「大蔵省印刷局」だ。記載の文字はボールペンかゴム印で、昭和の事務をほうふつさせる。

基礎年金番号と別の番号を持つ人は、番号のわかるよう年金手帳のコピーを添付せよとの指示。コピーするものは後でまとめてと考えると忘れるから、その場でただちに。

「雇用保険に加入したことがありますか」の問いには「？」。ハローワークで申請するものだっけ？「いいえ」にマルした後になって、年金手帳のカバーに何やら紙片が。「雇用保険被保険者証」。交付年は就職した昭和59年。

スーパーのスタンプカードより小さな紙片を、よくぞとっておいた。60歳になり国民年金の状況を確かめるときも、大昔に自分の書いたメモが出てきて感動したが、それ以上前だ。自分の記憶力を信じられないから補完する行動に、無意識のうち出るのだろう。本能というべきそのはたらきはたいへんなものだ。

「はい」に直して、被保険者証もただちにコピー。案内を読み進めてから、私の場合、添付不要とわかる。

ふう、と深呼吸。遺漏なきを期して力が入りすぎている。点検し封までしたら肩がバリバリに凝っていた。

残る作業はもうひとつ。申請書には「国民年金基金に加入していた方へ　この年金請求書とは別に手続きが必要です」と申請書に。ある。そちらも特別支給がされるのか。記載の問い合わせ先に電話すると、支給は65歳からとの回答だ。

私もその理解だったが特別支給の老齢厚生年金の申請書に、手続きが必要とあったので問い合わせたと言うと「厚生年金と国民年金基金は関係ありません」。それはそうでも、指示のとおりにしないと不安な私。「必要と書いてあるのはどういう意味でしょうか」。なお問うと、申請書のすべてに印刷される定型文とのこと。「電話してしまう人多いでしょうね……」。電話される側に思わず同情したけれど、私だけかも。

後々また同じ問い合わせをしないよう、この電話についてもメモしておこう。

ひとりごとは慎重に

バスのひとり掛けの席に、スマホを手にして座っていたら、耳のすぐ近くでふいに声がした。「年金で楽に暮らすってか」。

動揺する。この声の太さ、距離からして後ろの席のシニア男性だ。私のスマホを見て言っている？　ちょうど年金関係の書類が来たばかりで、手続きについてスマホで調べてはいたのだ。にしても……年金は受け取るつもりだが、別に楽をしようとは。なんだか落ち着かず、スマホをしまう。

顔を上げて気づいた。車内の掲示物のひとつにセミナーの案内が。セミナー名は「年金で楽に暮らす」。あれを読んでいたわけか。掲示物の文字を目で追いつつ口にするのはままあること。この先を右へ入る、などと。

男性が再び言う。「年金で楽に暮らすなんて、がっぽりもらっているんだろうな」。

先ほど以上に驚く私。「がっぽり」が強烈すぎる。素直な感想なのだろうけど、羨(うらや)みと嫉(そね)みも入っていそうで、聞く方としては少し怖い。声の主は年金に何か恨みでも？

気になりながら振り向かず、バスを降りるまで目を合わせなかった。

気をつけないと。心の中の声がそのまま出ることは、私もよくある。順番待ちをしているときや乗り物の中にいるときなど、し忘れたことを思い出して「しまったー」「しようがないか、今からでは」。ひとりごとのつもりが自分で思う以上にはっきりと発音しており、気味の悪い人になっているのでは。

より攻撃的というか、批難がましいつぶやきになってしまっていることもある。居合わせたグループの騒々しさに、げんなりして溜め息をつきつつ「うるさ……」。下手をするとからまれかねない。今はいろいろな人がいるから、何をきっかけにトラブルに巻き込まれるかわからないのだ。

ネガティブな言葉だからよくないのかも。ポジティブな言葉ならつい口にしたところで、不穏な印象にはなるまい。エレベーターを待つときご婦人がたがよくベビーカーを覗き込んでは「かわいい」「いくつかな」とかと言っているが、ああした誉め言葉や友好的な態度なら。

「いや、それは間違い」。人に話すと言下に否定された。同世代の女性である。団地に住んでいてエレベーターでよく小学生といっしょになり、わが子の幼い頃や孫と重ね合わせて思わず「かわいい」「何年生?」などと言っていたら、不審者として通報されてしまったという。子どもを狙う犯罪もあるので、知らない人に話しかけられたら無視して逃げるよう、小学校で指導しているそうだ。いろいろな人がいる今、トラブルに巻き込まれないよう注意しないといけないのは、口にする側だけでなくされる側も同じこと。

ちょっとさびしい世の中ではあるけれど、心配や要らぬ誤解を与えぬよう、心の声が出てしまうことには慎重になろうと思うのだった。

ボタンを押す癖

仕事先で共感した出来事だ。会議の始まる室内で、録音の準備がされている。机に機械がセットされ、パソコン1台ですますものより少しプロ仕様であるらしく、ベテランふうのスタッフが操作中だ。

その人が何やら困惑したようす。録音できる状態にならないらしい。こわばった顔であちこち覗き込んでから「わかりました！」。机の上の書類が画面にふれて、録音とは別の指示を出していたという。

「すみません。昔人間なので、機械は押して動くものという頭があって」とスタッフ。まさにそれ！　ＡＴＭでよく「お召し物の袖が画面にふれないようにして下さい」と注意書きしてあることに通じる。

私もＡＴＭで操作の前に手荷物を下ろし「画面に物を載せないで下さい」と文字で注意されることがある。画面の脇に置いたつもりで、紙袋のはしが画面にかかるかどうかくらいなのだが「これでも誤作動につながるのか」と驚く。ステッキをかけるところが、ＡＴ

Mに設けられるようになったのも、増えてきたシニア客へのサービスとしてだけでなく、思ったとおりに操作できないケースが多発したためではなかろうか。

高齢女性のボヤキを聞いたこともある。「近頃のボタンって、押したか押してないかわからないのよね」。そう、押し込んだ手応えならぬ「指応え」でもって「私は今この指示をした」と確認できた。飲料の自動販売機しかり、駅や食堂の券売機しかり、それらもパネル化しつつあるが。

押しボタンになじんでいる私は、パソコンのキイもしっかりと沈むタイプを好む。ノートパソコンのキイボードに、縦横に指を滑らせている若い人を見ると「この人のタッチはほぼ水平方向の運動で、私のは垂直だな」と思う。

同世代かそれより上の世代は概して「指圧」が強い気がする。片手にスマホを構え、別の手の人さし指を1回ごとに画面から離しながら押しているのは、まずシニア。つい力を込めるのか、プッシュのたびスマホが傾く人もいる。

改札機でもタッチでいいとわかっていながら、ICカードを捺印のごとく押しつける。プッシュの癖がついているだけでなく、タッチを無視された経験から来る不信感で、念を入れたくなるのである。

ATMやセルフレジで、正しくタッチしたはずなのに反応がない、という経験は誰にもあろう。焦って何回も押すうち後ろに列ができていて「私の操作は間違っていないんです、機械が受けつけてくれないだけで」と振り向いて言い訳したくなる。

加齢で皮膚の水分とか油分が少なくなるせいだろうか。駐輪場の精算機でも、指をこすり合わせて温めたり、息で湿らせたりする人は多い。お湯に浸ければ動くのではという、瓶の蓋(ふた)でも緩めるときのような発想。

それでも動かず「この機械、感度が悪いんじゃないの?」。ムキになって力いっぱい押すと、いわゆる「長押し」となり、別のことが指示されてしまうのだ。

ボタンからパネルへの流れはたぶん不可逆。慣れていかねば。

バージョンアップに追いつけない

パソコンで請求書を作成してプリンターに用紙をセットする。印刷し捺印したものを、画像にしてメール添付で送るのが、今はほとんどだ。プリンターから出てきた紙に「?・」。字がかすれている。インクは満タン。カートリッジを交換したばかりである。

取説(トリセツ)に従いクリーニングをしてみるが、ますますかすれ、しまいには真っ白に。プリンターが壊れたか。12年前に買ったものだ。

すでに危うい状態ではあった。用紙トレイが外れて取付部が折れたのを、ガムテープで補修。微妙に傾いているらしく、プリンター任せだと用紙が斜めに入っていくので、手で支えないといけない。

「買い替えたら?」と思われるだろう。私も思い、家電店へ行った。つないでいるデスクトップパソコンのわかるものを持って。店の人の言うに「このパソコンに対応しているプリンターはたぶんもうないです」。以来だましだまし使ってきたが、ついに。

請求書は締め日があるから急がれる。事務用品として売られている請求書を買ってきて、そちらを送るか。昔はよく使ったものだ。ノーカーボン紙とふつうの紙がセットになっていて、筆圧で複写できる請求書綴り。厚紙の下敷きを入れボールペンで強く書けとか、次はどこからかわかるよう輪ゴムをかけておけとか、社会人になりたてのとき先輩に指導された。

請求書はそれでなんとかするとしても、日々の業務への影響は大。プリントを参照しつつリライトすることが多いのだ。先々の確定申告は？　通信費をはじめさまざまな領収書を、今は自分で印刷するようになっている。コピーして税理士さんへ送るものもかなり。うちのデスクトップに対応するプリンターがほんとうにないのか、もう一度家電店へ行って聞いてみようか。

「だったらパソコンも買い替えたら？」と思われるだろう。私もそう思って、前段階としてすでにノートパソコンは買い替えた。買い替え後のデスクトップに遅滞なく移行できるよう、まずはノートパソコンで新しいOSに慣れておくのである。

けれどノートの方で作成した文書をデスクトップへ、自分宛のメールで送ると、共有できないことがわかってしまった。添付されて来ないか、来ても「対応するなんたらがありません」。移行計画は頓挫している。

パソコンとプリンターでも、パソコンどうしでも、古いものには対応しないって、ほんと人泣かせ。古いといってもたかだか12年、たかだか平成である。それでも共有できないなんて「バージョンアップって誰得よ？」と思ってしまう。更新により効率は上がるのかもしれないけれど、私のようにノーカーボン紙、ボールペン、輪ゴム、ゼムクリップの世界で事務をスタートし、デジタル化にやっとの思いでついて来ている人間には「変わる」ということそのものがたいへんな負担で、利便性を上回るのだ。

　プリンターについてはカートリッジを力いっぱいはめ直したら、印刷できるようになった。叩くと映る白黒テレビのような妙な感じだが、とりあえずよかった。

職場から地元へ

春は別れの季節。この春も小さいながらひとつあった。趣味を同じくする人とだ。ジムのレッスンで週に一度くらい顔を合わせる。レッスン後スマホで集合写真を撮り、その人のインスタグラム（以下インスタ）に上がるのが慣例なので、フォローしている。インスタによると毎日どこかしらの店舗で参加していて、フットワークの軽さと積極性に驚く。1都3県にわたる広範囲の店舗に出没している。

ある日めずらしくジム以外の画像が上がった。山々が背景の朝焼けらしい駅舎だ。添えられた文言は「新幹線通勤ももうすぐ終わり。この風景もあと何度」。

遠くから来ている人だったか。集合写真の撮影後すぐに散開するので、プライベートはまったく知らない。

付き合いの長いらしい人に聞くと、軽井沢から通勤しており、間もなく定年。東京に来る用事がなくなるのでジムも退会するそうだ。

1都3県にわたる出没のわけがわかった。軽井沢なら埼玉は途中下車。千葉や神奈川も長野からすれば「東京に来たついでに」となろう。郊外に住む私が「都心に来たついでに」と銀座から浅草へ回るのと似たような感覚で。

毎日出てきていたのが急になくなると、生活はかなり変わるだろう。日々の習慣、目にする風景、何もかも。喪失感や適応の困難に悩むことはないだろうか。「職場から地元へ」という定年に伴う課題が、新幹線通勤ではより大きくなりそうだ。毎日からいきなりゼロへのドラスチックな変わり方でなく、せめて週1でもレッスンに参加したら。それを東京に来る「用事」として。ビジターチケットがあれば退会後も入れるはずだから、何なら私が用意して……と思うが、交通費のかかること。無責任には言えない。

それからの1週間のインスタはお別れウィークとなっていった。「ラスト参加でした。ありがとうございました！」の文言とともに、さまざまな店舗、日によっては複数の店舗で撮った、笑顔の集合写真を上げている。花束贈呈のシーンもあり、愛されキャラであることが伝わってきた。たしかに初参加の人にさりげなく立ち位置を譲ったり、先生からのアクションに軽いリアクションを返したり、物静かながら和を尊び、雰囲気をよくする人ではあった。

過去形で語るには早い。顔を合わせるレッスンがあと1回残っている。インスタを見る限り明るく楽しく終わりたいようだから、最後の撮影を盛り上げるものを探しに、ディスカウント店のパーティーグッズ売場へ、生まれて初めて行ってみた。鳴り物や紙吹雪などごみの出る物は禁止だろうし、スパンコールの光り輝く蝶ネクタイや帽子、「今日の主役です」と書いたタスキなどは派手すぎて意に沿わなさそう。金色のモールを購入し、首にかけてもらって撮影。

その後のインスタはほぼ毎日、軽井沢のカフェや美術館だ。勤めている間は行けなかったところがたくさんあるはず。フットワークの軽さと積極性は、今度は地元で発揮されているようだ。春は始まりの季節でもあると実感する。

適齢期を過ぎても

退職したら読書をしたいと、知人は思っていたという。仕事と関係ない本を、時間にしばられず好きなだけ読みたい。勤めている間読むのは資料ばかり。家に帰ると睡眠時間の確保でせいいっぱい。このままでは内面が痩せ細り、人間として「さすがにマズイのでは」と不安だった。

ようやっと自宅でゆっくり本と向き合ったところ……何か違う。若いときのようには読み進められない。少しめくっては飽き、凝った肩を回したり、スマホに意味なく手を伸ばしたり、休み休み。そうこうするうち眠くなり、気がつけば本に額がつきそうになっていた。

集中力が落ちていることに、がくぜんとしたという。同じ姿勢をとり続けるのが、体力的につらくなってもいるかもしれない。読書を「疲れる」と感じたのは生まれて初めてだった。老後の楽しみだったのに、できる時が来たら、適齢期は過ぎていたと。

身に詰まされる話だ。集中力の低下は、私も如実に感じる。次の展開への期待が推進力となる小説はまだいいが、勉強ぽい本となると顕著。知識が基本、学生時代で止まっている私は「さすがにマズイのでは」と危機感をおぼえ、読書により更新を試みることがときどきあるのだ。

その種の本は読む速度がほんとうに遅くなっている。学生時代なら2時間あれば読めただろう本も「え、まだ4分の1？」「あと半分以上もあるの？」。休み休みを通り越し、息も絶え絶えである。

集中力の一様態かと思うが、記憶力の低下も甚だしい。「この人名、たしか初めて」「そんな、説明なしにいきなり言われても困る」と首を傾げたり憤慨したりし、念のため前をめくると、数ページ前に出てきたばかりで、しかも傍線まで自分のペンで引いてあるから、救いようがない。

1日1ページで教養が身につくといった本が、売れる理由がわかる。危機感はあるけど集中力の持たない人に「1ページだったら私にも読み通せるのでは」という気を起こさせるのだ。それを毎日必ずできるかとなると、また別の持続力が問われそうだが。

私の危機感の元には、ジム通いの時間がこの1年で増えたこともある。そのぶん何かを削っているはずで、家事と仕事は減らすのに限度があるから、読書にしわ寄せが来ていることは、容易に推測される。若者の読書離れが嘆かれる中（実態に基づかない印象論だとの説もある）年長者がこうであってはマズイのでは。家にいてもついレッスン動画を検索してしまい「いい年をして頭の中はダンスばかりか」と空恐ろしい。

一計を案じた。ジムへの行き来を始めとする電車での移動時間を読書に充てる。小刻みな乗り換えもあり、落ち着かず、集中は難しそうに思うが、逆転の発想といおうか。「さあ、読書をしよう」と整えた環境より、多少ストレスのあるくらいの方が「圧」がかかって、むしろいいかと。

この方法が私に合っていたのか、読書時間はV字回復の傾向にある。適齢期は過ぎているとしても、なんとか伸ばしていきたい。

スペアの眼鏡を持ち歩く

小さな字がほんとうに見えなくなった。スーパーに行くと痛感する。生鮮食品に貼ってあるシールの本体価格はどうにか読めるが、カッコ書きの税込価格となると無理。加工食品の賞味期限にいたっては、どこに印刷されているかすらわからない。レジかごを腕にかけて、バッグから老眼鏡を出す。もっぱら近くを見る用だ。遠近両用はいちど作ってみたけれど、めまいをおぼえてそれきりだった。

老眼鏡を初めて作ったときは驚いた。「こんなに緻密なものなのか」。検査からして単に1・0とかの視力を測るだけでなく、いくつも。レンズも乱視の矯正、周辺部の歪みをなくす、光のカット率などいろいろ。フレームはかけていて負担が少なく、顔の印象への影響も最小限の極細のを。カウンセリングを含め2時間近くかかった気がする。そこから製作に入って、出来上がりまで1週間。お値段はコートや指輪をしのぎ、私の服や装身具の中でもっとも高いものとなった。

スーパーで頻繁にかけ外しするようになり思った。「スペアが要るな」。眼鏡はデリケートなものである。レンズは傷つきやすく、フレームは華奢。不安定な姿勢で出し入れし、取り落として破損でもしたらたいへんだ。価格の損失はもちろん、1週間細かな字がまったく見えなくなるのはつらすぎる。

検査その他に充分な時間のとれる日、老眼鏡を作った店へ。必ず言おうと心していたのが、今の眼鏡の半分の額で作りたいこと。短時間かけるだけだから、ほどほどに見えればよく、フレームもごつくて構わない。とにかく丈夫で、ちょっとやそっとの衝撃では壊れないものを。いずれ老眼が進んで買い替える。今の眼鏡と同じ価格帯のはもったいない。

緻密な眼鏡作りをする店には気を悪くされるかと思ったが、案に相違して快く「その目的でしたら既製の老眼鏡がよいかと思います」。私の購入記録を見て、合いそうなものを出してくる。昔で言うセルロイドふうの眼鏡で「これは丈夫です。非常用持出袋に入れているかたもいるくらいです」。その必要、わかる。私ももし避難所へ行くような状況になったら、まっ先に困るのが掲示物を読めないことだろうと思っていたのだ。

「いかがでしょう」。かけると、見える。小さな字がよく読める。これって郵便局や銀行の記入台によく置いてあるもの？

「そうです。百円ショップにも売っているものです」と正直な店員さん。価格は百円ショップよりひと桁上だ。だからといって「では百円ショップに行って買います」とは言えず購入。「今後百円ショップでお求めになることがあれば＋2・5という度数のを選んで下さい」と助言まで下さる親切かつ誠実な店員さんなのだった。価格は今の眼鏡の2分の1ならぬ20分の1。

ただし長時間の使用には適さないそうだ。実際にかけるとよくわかる。

それでも補助として頼れるものがあるとないとは大違い。何かあったら百円ショップに飛び込んで「＋2・5」を探そう。

電車の中でイヤーマフ

本を読まなくてはマズイと、日常の電車移動を読書に充てることにした。出張の移動と違って短時間で、乗り換えも小刻みだ。

老眼鏡は頻繁なかけ外しに耐え得る、頑丈なものを新調。フレームは太く茶色の合成樹脂で、コントで使われるつけ鼻とセットのメガネに似ている。

読む本は、作った人には申し訳ないが、少しずつ切り分ける。読まなくてはマズイと特に焦っている勉強ぽい本は、概して厚い。重さのため持ち歩かなくなることのないよう、軽量化。それを混んだ電車で立ったままでも出しやすいよう、カバンの外ポケットへ。

態勢を調えたつもりが、欠けているものがあった。音への対策だ。

電車の中は種々の音に満ちている。喋り声、アナウンス、パソコンのタイピング音、爪の長い人のスマホのタップ音。気になるのは、すなわち集中力が落ちていることの証左か、聴覚過敏の傾向のためだろう。

出張の移動では耳栓をよくしている。トラベル用品売り場にあるウレタン製のもので、髪に隠れ、人知れずつけられるのが気に入っている。ふだんの電車で試してみれば、３割がたボリュームダウンするものの、なおよく聞こえる。

音対策ではかつてイヤーマフも検討した。こちらは主に工事現場でつけるらしく、安全用品売り場にあった。見た感じは、オーディオ用品のヘッドホンさながら。頭の上に幅広のバンドをかぶせると、両端にある黒くて丸いものが、耳全体をおおって蓋をする。乗り物内ではおおげさすぎるようで、購入しなかったのだった。

電車で改めて観察すると、それらしいものをつけた人は結構いる。あれはヘッドホンかイヤーマフか。ケーブルで何かとつながっていないか目をこらすが、それだけでは判断できない。今は、白いストローの折れたようなものを耳に挿し、無線で聴く時代である。

判断がつきにくいということは、イヤーマフをしても変ではないわけで。通販で買うことにした。

探せば、あるある。聴覚過敏という人からの、耳栓との併用がおすすめとのレビューもあり、励まされた。見た感じがどうのなんて、考えなくていい。人に害を及ぼさない範囲で、自分なりのスタイルでもって環境を最適化すればいいのである。というか、本からちぎり取ったような紙束を後生大事に握り締めている点で、すでに変わった人なのだ。

次の移動時つけることに。固いバンドを押し広げてはめると、こめかみが締め付けられるような圧迫感。長時間は無理そうだが10分、15分なら耐えられるかも。

併用の効果はさすがで、耳栓だけでは3割減だったのが6割減になる。ただ高音域はかなりカットされるものの、振動音や空気の対流音などの低音域は、むしろクリアに響く感じ。これはもう慣れていくしかか。

本を出し老眼鏡をかけようとして気づいた。かけられない……。イヤーマフに密閉されフレームの入る隙（すき）がないのだ。フレームの太さもかえって裏目に。

手にした本を読めないいまま、呆然と満員電車に揺られていくのだった。

ポケットの問題

会合が終わって立食での懇親へ移る段になり、ハッとした。そうだ、ここでも名刺が要る。会合前や中休みに挨拶しきれなかった人とはこの後の場で交換する。

書類をバッグにしまいつつ、上着をさわって確かめる。会合のため新調した上着である。ポケットはついており、口が粗く縫い止められていた。手探りで糸をちぎると、指がすぐつかえる浅さで、名刺入れがはみ出そう。スマホや財布となると絶対無理。

うっかりしたものだ。コロナ禍で立食が久しくなかったため、勘が鈍っている。

バッグを肘(ひじ)にかけて臨むことに。男性陣は入口近くに設けられた荷物台に鞄(かばん)を置いて、談笑している。A4の書類を持ち運べるバッグだ。肘にかけたまま紙コップを胸の高さに保ち続けるのは、二の腕に常に力の入った状態。笑みを絶やさず筋トレをしているようなものである。ひょうきんなコミュニケーションスタイルを好むらしい男性から「帰り支度万端ですね」とからかわれた。そう見えても仕方あるまい。女性の服のポケット事情に詳しくない人には。

中にひとり同世代の女性で、紙皿を届けたり飲み物を補充したり、軽々と働きながらテーブルの間を行き来する人がいた。貴重品のみが入るくらいのポシェットを、肩から斜めにかけている。「賢明でいらっしゃいます」。思わず声をかけると、会合を主催する部署が長かったとのこと。さすが、経験に基づく知恵だ。

逆にいえば、そうした自衛策をとらねばならないほど、女性のポケット問題は長く改善されていないわけで。私がこのほど上着を買ったブランドも、色は黒に近いネイビーやグレーばかり。セットアップできるよう、同じ生地のスカートやパンツを販売しており、あきらかに仕事で着る想定なのだが、それにしてはポケットが小さすぎる。

男女雇用機会均等法の施行から40年近く。この間バッグ事情はかなり改善された。通販の商品ページにも「A４収納可」か否かが、ふつうに記載されるようになった。服のポケットに関しても「名刺入れ可、長財布不可」などと書いてほしい。

年初の航空機事故では、脱出した女性のコメントが印象に残った。自宅のカギもバッグの中だったので家に入るのに困るけど命が助かっただけで充分、といった趣旨だった。航空機事故はめったに遭うものでないにしても、考えさせられる。バッグを持てないとは、そういうこと。

私がその辺まで用事に出るとき着ているジャンパーは、スポーツブランドのもので、ポケットが大きく、かつファスナー付きで、バッグ要らずだ。冬はそれで乗ればいいとして、夏はどうか。収納の充実していそうな釣り用のベストを、服との組み合わせは二の次にして着けるとか。ウエストポーチはたぶん、ベルト扱いではなく鞄になるだろうし。

自然災害の頻発する国。電車内などの物騒な事件もときどき起き、身ひとつで逃げることがないとはいえず。この先名刺交換をしなくなっていっても、ポケット問題は気になりそうだ。

顔を鍛える

マスク生活からまだ完全には脱していない。コロナ禍が一段落しても、他の感染症の広まりが次々と報じられる。混み合うところへは着けて入り、状況に応じて外す。

ジムでレッスンの始まる前、一時的に取りペットボトルを口につけていると、知人が声をかけてきた。「ついに取って参加する?」。

「迷い中」と答える。知人は別のレッスンで試しに取り、こうも楽かと驚いたそうだ。ジム全体で外すが人が増えている。

もう1人の知人も加わり、私が外すなら外すという。「心の準備が……」。なおも逡巡する私。コロナ禍になってからこのジムに入会したので、誰も私のほんとうの顔を知らない。ほうれい線とか輪郭とか……。

水を飲むためたまたま外していた顔を2人はまじまじと見て「だ、大丈夫よ。色白だし」「充分キレイキレイ」。形から色へと話を微妙にずらして、言葉多く励ました。

初めてマスクなしで臨むダンスフィットネス。先生は急きょ代行することになった人だ。

来るはずだった先生が熱中症で倒れた、暑かったら遠慮なく外すように、自分も外すかもしれないと、おことわりと呼びかけが冒頭にある。

代行という立場もあってか、とても一生懸命。「初めてのかたもノッていただけるよう、楽しい曲をご用意しましたあ！」と言い、オープニングから大きく手を打ち鳴らし、早々にマスクを取って笑顔を作る。

踊りはじめて、私も驚いた。涼しい。顔の上を風が吹き抜け、かくそばから汗をさらっていく。これに比べればマスクありは、蒸し風呂に入っていたも同然だ。

が、すぐにわかった。これはこれで苦しい。盛り上げようと頑張る先生に対し、向かい合わせで立ちながら不興げにしていては、申し訳ない。先生はもう口をよろこびの絵文字のように逆三角形に開き、フルスロットルの笑顔である。表情で応えねば。

楽しい曲でも、難しい動きはある。バテても来る。眉間に皺(しわ)が寄りそうなところを、笑顔でいるのは緊張を要すること。この調子で1時間持つか、不安になり後悔もした。初めから笑顔を「高」に設定しすぎた。途中で下げるのは問題がある。「中」でずっと維持できるようにすればよかった。

先生もあのフルスロットルの笑顔を1時間保つのは無理と悟ったのだろう。途中からマスク姿に戻っていた。

私はマスクなしで踊り抜き、這々の体でロッカールームへ。疲れた。顔が痛い。1時間口角を上げ続けるのがこんなにもキツいとは。

身にしみて思った。マスクの下はプライベート空間。曲に刺激されてノリノリだろうが、無反応だろうが構わない。マスクを外すや顔は社会の一部となる。

私がやや過剰適応のせいもあるだろう。鏡に映る参加者には、私よりずっと動きがいいのに能面のような人もいる。あれもひとつの社会参加のありかただ。自分を崩さずにいられる方が、社会では強いかも。

もうひとつ思ったのは「何年間もこれをしていなかったのだな」。口角を上げるとはこんなにも顔の筋肉を使うことだった。

マスク生活からの脱却に備え、顔の筋肉も鍛えていきたい。

地道に努力

人前でマスクを外すようになり思い出した。歯並びが悪くなっていたのだ。上の前歯のよりによって中央の隙間が開いて、口の奥は暗いからパッと見てそこだけ黒く、やや不気味。

隙間ができはじめた頃、歯科医に相談した。示された改善策は、舌のクセを直すこと。先生によれば、私の隙間は、舌を前歯に押しつけるクセが原因で開いてくる。前歯より後ろの上あごへ付けておくのが正しい位置と、手鏡を渡され、指導される。位置をつかむため、舌打ちのように上あごへ当てる練習まで、手鏡を覗き込みながらさせられる。

「言うとおりだろうけど、地道すぎる……」。手鏡を持つ私の内心の声だ。昔、雑誌でバストアップの記事を読んだら、胸の筋肉を鍛えるため日々行うべきトレーニングが載っていたときの期待外れ感と似ている。

バストアップだって、寄せて上げるとか盛るとか、手っ取り早い方法はいろいろある。歯の隙間詰めも、例えば寝ている間だけ装着する矯正器具のようなものは?

そう訊ねると、作ることはできるがおすすめしないと先生。舌が歯を押す力は矯正でかかる力より強く、せっかく作っても、クセを直さない限り元に戻ってしまうと。厳密だ。理屈はわかる。クリニックにすれば作る方が収入になるのに、良心的ともいえるだろう。でも現実には、舌の位置を常に意識するのは難しい。作業中はつい力も入るし。

マスクで口元が隠れるのを幸い、教わったことをほぼ忘れていた。

マスクを外すにあたり、思い出して取り組む。「常に」とは行かないが、作業中もハッとわれに返って、位置を正す。

そうこうするうち隙間が閉じてきたような。鏡にたまたま映ったとき、黒さが前より目立たない気が。

気のせいではないと、クリニックに行ってわかった。クリニックでは、診察のたび写真を撮りパソコンに保存していて、比較するとあきらかに違う。地道な努力が変化となって現れた。

成果が出ると気持ちに弾みがつく。もしかして姿勢の悪さも、クセを直すことで改善できるのでは。

私は肩が本来の位置より前へ出てしまっている。巻き肩といい、前かがみの姿勢を長時間とることが原因とされる。

家事でも仕事でも作業はほとんど前かがみでするもの。その姿勢を避けることはできないけれど、せめて1日1回は正す時間を設ける。

具体的には寝る前、ストレッチ用のポールに仰向け（あおむ）になる。固めの素材でできた抱き枕のようなポールで、その上に背中を乗せて、両腕を床へ垂らせば、引っ張られて胸が開き、肩は後ろへ。

始めてひと月。目に見えた変化はまだないが、体のあちらこちらが伸びて心地いいのは確かだ。地道に続けていこう。

調理を休めば

出先で最後の用事を終えて駅へ向かっていたところ、持ち帰り寿司のチェーン店が目にとまった。

寿司は久しく食べていない。酢飯がさっぱりして食欲が出そう。電車に20分ほど乗り、暑い中を歩くが、締めさばとキュウリ巻ならもちそう。魚と野菜で栄養的にもまあまあ。買って帰ることにした。

容器を空にして、感嘆のため息。「楽……」。買ったもので済ませるって、なんて楽なのか。

自炊が長年の習慣だ。移動中は仕方ないとして、後は帰るだけならば「レジに並ぶのも面倒。家に何かあるだろう」と。「何か」はあっても食べる状態に整えるまで、キッチンに立ち作業はする。帰るなり座って食べはじめられる、この楽さを覚えてしまうのが怖い。

次に電車で最寄駅まで戻ってきたとき、いつものように構内の食品店の前を素通りし、改札へ直進しようとすると、先日の寿司店が。ここにもあったのか。

遅い時間。勤め帰りらしき人々が吸い寄せられるように近づいていく。ジム帰りの私も彼らについて、後ろからケースを覗く。先日と同じ締めさばはないが、こはだとキュウリ巻なら。やりいかも美味しそう。

スピーディーに進むレジの列。私の番になり「415円です」。耳を疑った。3パックですけど？　閉店間際で値引きになるらしい。「安……」。空にした容器をしげしげと見る。楽な上に安いとあっては、クセになってしまうのでは。

「買ったもので済ませるってあんまり楽で驚きました」。後期高齢者でひとり暮らしの女性に話すと「そうでしょう。楽しなさいよ」。意外だ。何ごともきっちり行う人。料理に関しても結婚後100日は同じおかずを作らなかったと聞いている。

「楽すること、できるんでしょう」。付け足して言われたことに、その人の歴史を感じる。子どもたちが独立、夫も旅立ち、誰かのために作らなくてもよくなったのだ。

ひとりだと、作るより出来合のものを買う方が割安というのが、その人の実感だそうだ。食材がどうしても余るし、光熱費もかかる。食材の調達、管理、作るのに要する時間や体力までトータルに考えれば、節約になると。

自炊を基本としてきた私は、用事で疲れたならまだしも、ジム帰りは遊びで疲れたわけで、作るのをサボることにためらいがある。が、「サボる」という発想が無用にして無益いじだと。

とその人はいう。疲れの原因を問うのも無意味。疲れを溜めないことこそが、何よりもだいじだと。

助言を容れて、変に頑張るのは止めた。

作る負担を減らしたぶん調子が上がるわけでは、必ずしもない。体のキレはむしろ悪くなるような。魚、野菜のおかずにご飯という構成はふだんと同じでも、バランスが異なるのだろう。ご飯は多め、野菜は少なめになる。ふだんは玄米か胚芽米であるのに対し、白米なのも大きそう。繊維質の量は便通に影響する。

違和感がある限りクセになることはたぶんない。そう信じて、ときどきは自分に許そう。

テイクアウトも難しい

持ち帰り寿司を買ってみて、テイクアウトで1食済ませるといかに楽かを知ってしまった。自分で作ったものの方が便通その他の調子はいいが、疲れ具合に応じて、たまには調理を休むことにしよう。

そう思ったものの、いざテイクアウトにしようとすると、買って帰りたいものが意外と少ない。駅構内にもスーパーにも調理済みのものが山ほどあって、時間帯によっては売り声をかき分け通るほどなのに「少ない」なんて言えないのだが、実際店に立ち寄って「これだったら頑張って作るか」となることもしばしばある。

寿司はいいけどパターンが決まってくるし、弁当は肉や揚げ物がほとんど。肉や揚げ物が悪いわけではないが、私の住む地域は高齢者が多い。「そんなにボリューミーな弁当ばかり作ってどうする」と言いたい。チェーン店のスーパーなので商品開発の部署が別にあるのだろうが「店舗ごとの地域特性にもう少し即してはどうか」とシロウトながら思ってしまう。自治体の統計を調べればすぐわかること。売れ残って割引シールを貼られていると、自分の仮説の正しさが証明されたようで意を強くするが、同時に虚しい。

もうひとつのスーパーには魚のおかずの弁当があり、私の好みに合うが、惜しむらくは味付けが濃い。魚をおかずにするのは高齢者をターゲットにしてだろうけど、人間ドックでいろいろ指摘され塩分を気にする年頃だ。弁当だから保存性のため薄味にできないとの考えかもしれないが、汁の出るおかずに汁の漏れる容器。長時間の持ち歩きを想定していないのはあきらかで、矛盾がある。

塩分と並んで気になるのは油だ。メインのおかずは魚でも何かしら揚げ物が入っている。食べ終わると容器には「こんなに付いていていてだいじょうぶか」とひるむほどの油が。プラごみに出すため洗うが食器用洗剤では落ちず、レンジ掃除用の洗剤に替えながら「こういうので落とす油って……」とそらおそろしくなる。

デパートに新しくできた弁当店は、地域特性を研究の上、狙って出店したと思われる。魚のおかず、薄味、揚げ物なし。私は試しに買って、まんまとはまり、2度目に行ったときポイントカードまで作ってしまった。

ただし買えないリスクがある。割引になるまで残っていたことなどない。先日は5時で私が最後の1個。私の前の共白髪の夫婦の買うようすをハラハラしながら見ていると、2個入りのレジ袋をゆっくりと受け取り、他の買い物の袋と重さを分けて、いたわり合いつつ去っていった。「偕老同穴」の4文字が背中に書いてあるようだった。

「5時でもう売り切れるんですね」。店の人に言うと「暑い日はもっと早くなくなります」。わかる。体力を奪われるし。近辺の家々で脂気のない髪の2人が言葉少なに向かい合い、薄味の煮物などをつつきつつ、弁当で夕飯を済ませているのが目に浮かぶ。わが地域に限らず、高齢日本に「あるある」の光景だろう。

私もその光景をかたちづくるひとりであることを思いつつ、体力温存を図る夏である。

どこまで掃除

キッチンで換気扇をふと見上げ、汚れていて驚いた。天井にある吸い込み口の周りに、油で茶色くなった埃（ほこり）が。ふだんなかなか上を見ないので、気づかなかった。放っておけず拭（ふ）き始（はじ）める。

この前掃除したのは、たぶん春頃。キッチンの寒さがゆるんできてからだ。

大掃除は年末にまとめてするとたいへんなので、分散している。気のついたとき、つど掃除してキレイを保つのが自分流。

ただしそれだと、目に入らないところは抜け落ちる。どの月にどこを掃除すると決め計画的に行う方がいいのかも。マンションの管理会から配られる定期清掃の年間スケジュール表のようなものを作って。

仕事はその方法で管理している。そちらは月間スケジュール。次の月にすべきものを全て書き出し、どの日にどれをするか、手帳上に割り振っていく。後は記されたとおりに遂行するだけ。考えずにすみ、漏れがない。掃除も同じ方法で？

スケジューリング以前の書き出す段階で挫折した。キッチンだけでも日々すること、ときどき、たまになど頻度がまちまちで、複雑すぎる。「今の世の中、面倒と感じるものには既存の何かが必ずある」と思い検索すると、案に違わず、年間掃除スケジュール表のテンプレートがいくつも出てきて、ご親切に無料でダウンロードできるものもあった。

感想。「見える化」が背中を押すとは限らない。かえって意欲を削ぐことも。仕事の管理は月間だからうまくいっているのかも。年間にすべきことが全て見えてしまったら、働く前から気力が減退しそう。

テンプレートをしげしげ眺め「住まいを維持するとは、これらをしていくことなのか。私より年上の皆さん、これらをしているのか」。画面脇に家事代行サービスの広告が表示されるのも、うなずける。高齢者の住まいの一種に、介護の必要度が低い段階で入る「サービス付き高齢者向け住宅」があるが、あのサービスに掃除は含まれるのか？　日々の掃除はなんとかするとして、少し大がかりなものはオプションでいいので、あってほしい。

ネットの調べものに伴う「あるある」で、以来掃除についての記事が画面によく出てくるようになった。目を見張ったのは、トイレの換気扇に関するもの。記事の例になったお宅では、5、6年間掃除していないという。「えっ、そこも掃除すべきところだったの?!」。たしかに天井に付いている。浴室の換気扇は、ガスの定期点検の際に教わり掃除するようになったが、トイレのは、7年前の自宅改装で取り付けてから、まだ一度も。他にも抜け落ちている場所があるのでは。

今は何でもアプリだから、家の間取り図なり写真なりを読み込ませると、時期が来たら「そろそろここの掃除のしどき」と教えてくれるアプリがあるかも。本当は教えてくれるだけでなく、代行してほしい。介護ロボットの前段階で世話になりたいのは家事ロボットだった。

現実逃避し夢想に行ってしまった。当面は気がついたらする方式でキレイに努めよう。

いつか無理になる家事

体力的に家事がつらくなってきたという70代女性の声が、身につまされた。新聞に載っていたもので、それに応えて負担を減らす具体策を、記事では紹介していた。うなずけることが多く、うちいくつかは私もすでに実践。体験を交えて記したい。

掃除を生活の動線に組み込むこと。賛同する。トイレや浴室は出る前にさっと拭いている。風呂掃除には長い柄つきのスポンジがすすめられていたが、足で拭くのも、かがまなくてすむ方法だ。洗剤を含ませたネットたわしを片足で踏み、滑らせる。スポンジの柄ほどではないが、足もそれなりにコンパスがあり、床のすみずみまで届く。転倒を防ぐため、体重は必ず軸足に乗せ、かつ手でどこかにつかまって。習慣化することにより、まあまあキレイな状態を保てている。

ただ動線に組み込めないところとの落差は激しい。天井や窓の外など。ガラスには黄砂がつきまくり、風景がセピア色になり悪くないと思うが、人が見たらどうなのか？

重い掃除機よりほうきや床ワイパーにすることも、すすめられていた。方向性に賛同。

ワイパーは私も試したが、不織布は埃や髪の毛はよく取れるが、米粒や爪を切ったときの破片など硬いものは取りこぼす傾向にあり、ワイパーで追い詰めたのち、最後はちりとりにすくうか、ガムテープにくっつけるか、指で地道につまむかになる。私は掃除機を軽量化し、拭き掃除は床用ウェットティッシュに。

掃除機でなんとかしたいのは、寝具の掃除機かけだ。ダニを叩き出してから吸い取るという掃除機を、ベッド上にたんねんに行き来させるが、微妙に中腰の姿勢がつらい。ダニ専用で自走式の掃除機があれば、それに任せたい。便利な道具を取り入れることは、紙面でもすすめていた。

洗濯機の周りに干す場所を確保することも。これは私は実現できていない。リフォームの間取り変更により、洗う→干す→収納の動線はむしろ延びた。

知人女性は逆にリフォームで実現。一戸建ての家の中でもっとも日当たりのいい2階の1室に、室内干しの設備を作り洗濯機を置いてランドリールーム化。雨の日のため、浴室乾燥機様のものも取り付けるという念の入れようだ。

浴室と洗濯機とは離れる。脱いだものを入れやすいよう隣接させるのがセオリーだが、知人の考えは「将来訪問介護のスタッフに風呂に入れてもらうようになったとき、浴室は1階にあるのがスムーズ」。介護を現実的に視野に入れている。

私より年長の知人。リフォームの前に参考としてわが家を見にきたときも、家事負担に関するチェックは厳しかった。洗面兼脱衣所の床はタイル。水はねに強く、汚れがつきにくい加工をしてあるそうだと説明すると「でも目地が無理」。さすが炯眼だ。たしかに目地はごみが入り込みやすく、メイク道具のペンシルの芯が欠けたのが詰まって色移りし、爪ブラシでこすり落とすことも。

私も今できていてこの先「無理」になることがきっとある。生きている限り家事はつきもの。模索は続く。

「科学」で負担を軽くする

ぬか床が水っぽくなってきた。漬けた野菜から水分が出てくるのだ。水分が多いと、ぬか床は傷みやすくなる。

狭い台所で、ぬか床も小さい。ティッシュペーパーの箱を二つ重ねたくらいの、四角いホーロー容器に入れている。足しぬかを加え水分調節をしていたら、かさが増して、容器がいっぱいに。水を減らす方の対策をしなければ。「あれをとっておけばよかったな」。

容器を買ったとき、水抜き器がついてきた。小さな湯呑(ゆの)みのようなもので、側面に点状の穴がいくつも。穴から水が入り中に溜まるということだったが、すぐに目詰まりしてうまく行かず、処分してしまった。ないよりはよかったかも。

水抜き器だけ売っていればとネットで探すと、似たものがある。湯呑みではなく徳利型。側面に穴が空いているのは、前のと同じだ。

この形に、わけがあるらしい。説明によると、ぬか床は発酵に伴いガスを出す。穴から入るガスは、徳利型だと煙突のように上へ送られるそうで、その流れにより、水分も効率よく吸い込まれて溜まるらしい。「科学的」と感心した。

感心しつつも、購入にはもう少し考えないと。前述のとおり小さいぬか床。野菜がぎゅう詰めになっており、徳利を埋める余地はなさそう。何か別の方法があれば。

出来合のぬか床で漬けている知人によると、水分はキッチンペーパーで吸い取るよう、説明書に記されていたそうだ。が、いまひとつはかどらず、キッチンペーパーを何枚も使って、もったいない。「かき混ぜ不要」とうたわれていたので始めたが、水抜きは要るとわかり、面倒になっているという。

皆さんどうしているのか、ネットに戻って調べると「なるほど」と思う方法があった。乾物を入れる。だし昆布、干し椎茸、切り干し大根などだ。乾物ならよく水を吸い、吸った後は食べることもできるわけで、合理的だ。

道具や材料、何も要らない「究極の」と言いたくなる技もあった。技を紹介する画像を見ると、ぬか床の容器は、私のと同じホーローだ。中の野菜を取り出して均(な)らし、四角い泥状となったぬかみそを、谷をなすよう左右に分ける。中央は深く掘り下げ、容器の底が白い1本の線として現れるほどに。

すると両側の斜面から、水分が徐々にしみ出して、重力の法則で下りていき、中央に細い川筋をなす。そうしたら容器ごとそっと傾け、排出するだけ。

「賢い」と再度感心。科学でもこちらは、治水とか土木技術に通じるものがありそうだ。

私は谷の方法で水抜きしてから、だし昆布を入れた。ぬかみそに旨味も出て一石二鳥。

ぬか床で挫折する二大要因は、かき混ぜと水抜きと聞く。かき混ぜに関しては、漬け物を取り出す際おのずと掘り返すし、ぬか床を冷蔵庫に保管するなら、毎日でなくてだいじょうぶ。水抜きの簡便な方法は、ご紹介したとおりだ。

負担を軽くし、続けていきたい。

この先のキッチン

「キッチンにあるものもずいぶんと変わったな」。加齢に伴う体力低下と家事負担の関係について新聞で読んでから眺めている。この家に住みはじめた40歳前の頃のものから、総取っ替えに近い。

食器は陶器から磁器への変化が顕著。かつては屋根瓦（やねがわら）や甕（かめ）のようにどっしりとして厚い皿や鉢で、パスタやサラダを食べていた。今はほとんどが磁器だ。薄くて軽く、収納や出し入れがしやすい。家事負担を減らす策のひとつとして、重い食器を軽くて小さいものにすることが、記事にあったが、まさに実践していた。60歳になるまでの間に、扱いの楽な方を本能的に選択してきたらしい。

ちなみに磁器より漆器がさらに軽いが、そちらは増えていない。理由は簡単で食洗機に入れられないからだ。食洗機対応かどうかはいまや、箸（はし）ひとつ選ぶ際にも基準となっている。

調理器具も40前の頃のは一掃。4キロあった鋳物鍋は、すすぐ際上下をひっくり返すのが無理になった。圧力鍋や炊飯器は容量の小さいものへダウンサイジング。やかんはホーローからステンレスに変え軽量化した。

調理器具のアイテム数も減っている。昔はひとり暮らしでなぜこんなにと、われながら思うほど種々雑多なものがキッチンに詰まっていた。土鍋、焼き網、飛騨こんろ、すり鉢、すりこ木、中華鍋とそれに載せる二段重ねのせいろまで。凝り性なところのある私は、横浜の元町まで黒い鉄の中華鍋を買いにいき、手首だけであおって炒飯（チャーハン）を作る練習を黙々としたのである。

類は友を呼ぶで知人は、プロの板前さんも行く専門店街の合羽橋（かっぱばし）で、そば打ちの一式を買ってきたと言っていた。そばをこねる鉢の大きさは中華鍋の比でなく、のし板は畳（たたみ）半分ほどもある。知人もそろそろ定年を迎える頃。時間ができて、そば打ちにより励んでいるか、それともキッチンの場所ふさぎになっているか。

他にもジューサー、ミキサー、パン焼き器……と私のキッチンを通り過ぎていったものは数知れず。家事負担を減らす策に、凝ったものを作る頻度を下げることも、紙面で挙げていたけれど、私の場合、これまた本能的に、凝った調理をしなくなっていた。

やがては調理そのものをしなくなっていくのだろうか。猛暑でじわじわと体力を奪われていた昨夏は、持ち帰り寿司を初めて買い「キッチンに立たないですむってこんなに楽なのか」と驚いたものだ。

「いや、それだって負担を減らす策がある」と年長の知人。70歳を前にしての自宅リフォームでは、とにかく家事を楽にすることを旨とした人である。

その人の言うに、座って調理できるキッチンがある。バリアフリー仕様で調理台が低く、かつ下に膝を入れられる。70前のリフォームでは採用しなかったが、ゆくゆく車椅子になるときのことを考え、検討中と。

将来入浴介助を受けるときに備え、リフォームで早々と風呂を1階に移した人が、調理については先々まで自分でする気でいる。

私もまだまだ調理をあきらめまい。

もの忘れにタイマー

キッチンタイマーは暮らしに欠かせないものである。マグネット式のものを冷蔵庫の脇につけている。もっともよく使うのはゆでるとき。乾麺の袋の裏に「ゆで時間8分」とあれば「8、0、0」次いで「スタート」を押す。

「いくつもボタンを押すのが面倒。時計を見ればすむじゃない」と思われるかもしれない。私もかつては思った。キッチンの壁には給湯器のリモコンがあり、現在時刻が表示される。麺を湯に放ったのが「19：08」なら8を足し「19：16」に火を止めればいいだけのこと。

その「だけのこと」の機を逸する。調理中は複数の作業をするのが常。時計にチラチラと目をやるのは、案外と難しい。麺をゆでるかたわら、湯切りのためざるをスタンバイさせ、丼を出し、薬味を刻み、スープの小袋を切るなどしていると「しまった」。「19：16」をとっくに過ぎている。

デジタル表示なのもつらいところ。円の上を針が進む時計だと、図形の感覚で経過時間をつかめるのだが、デジタルは数字が頼り。数字に弱い私は「16」を「19」と錯誤したり、そもそも足し算の段階で、恥ずかしながら間違えたりする。「8、0、0」と入れておけば音で知らせてくれる方が確実だ。

もう1個増やし、2個体制とした。併行して2つの鍋で調理するときのため。鳴っていない方の「ストップ」を押してしまったり、音を止め「で、どっちの鍋の火を止めるんだっけ」と迷ったりすることはあっても、ゆですぎや焦げつきはほとんどない。失敗を防ぐだけでなく、安全にも役立っていそう。

頼りになるとわかって、キッチン以外でも使うようになった。

私はせっかちなので、ドリップを淹れるにも1滴1滴落ちるのを見守っている忍耐はなく、他のことをしたくなる。ベランダの洗濯物を取り込むなどだ。そのときに冷蔵庫からはがして持っていく。

せっかちの上に忘れっぽい私は、取り込んだ流れでそのままたたみはじめてしまいそう。すべて引き出しに入れ終えてキッチンに戻ったらコーヒーが冷めていた、ということにならないよう、落ちきりそうな時間をセットし、鳴らして自分に思い出させる。記憶力の減退を補ってくれるのだ。

他方、今の家電は音で知らせるものが多い。キッチンをとっても電子レンジの加熱終了、グリルの焼き上がり、炊飯器の炊き上がり、冷蔵庫の閉め忘れ。キッチンの外では洗濯の終了、アイロンの適温到達、除湿器の満タンのサイン、加湿器なら給水の催促。加えてキッチンタイマーだ。家のあちこちから呼ばれ「どれが鳴っているの、何を指示されているの？」と混乱することも。

音の出ない設定にもできるようだが、あえて鳴るようにしている。記憶力がますます減退していくだろう私には、安全を守る助け。慌てて転ばないようにしながら、家の中を右往左往することを続けていくつもりである。

泊まる荷物が増えていく

久しぶりに家以外で1泊した。仕事先の都市へ前の晩に移動。午後11時頃チェックインして翌朝は仕事先へ直行、終了後はそのまま駅へ。「旅行」的な要素のないお出かけだ。であるから、単に寝るだけでいかに多くのものが要るかが、わかってしまった。

スマホ充電器、洗面道具などの基本に加え、若い頃はなかったものが種々。体のあちこちに出てきた不具合や衰えを補うもの。快適と感じるゾーンが年とともに狭まるのに応じて、くつろぎを担保するためのもの。リラックスできるアロマオイルとか、寝る前に飲む習慣のハーブティーとかでなく、より現実的である。

例を挙げれば、冷房への耐性が落ちており、はおりものとひざかけは必携、用心して首に巻くものも。夏なのにこの防寒具の量。客室は「個別空調」を期待するが、朝食会場や新幹線車中など、コントロールできない場所は多い。

寝巻きはホテルにあるだろうけど、ウエストの締め付けを警戒する。ウエストが入りはするが、はく際に伸びたゴムが縮んだ後の圧迫感だ。自分のパジャマを持っていく。スポーツ選手のように枕や敷きパッドまで持っていくことこそしないが、理解はできる。衰えを補う方では拡大鏡。メイク中は老眼鏡をかけられないため、代わりに使っているものだ。洗面所の鏡のみでアイラインを引くとたいへんなことになる。

歯のナイトガード。医師によれば私は食いしばりの癖があるらしく、骨の隆起を指摘された。進行を防ぐため作ってもらい、睡眠中に着けている。持っていくなら、朝外したときの洗浄剤、昼の間保管するケースも。おっと、持病の薬を忘れずに。

家では決まった場所に置いていて習慣的な動作で取り出せるそれらすべてが、持っていくものになる。

遺漏なく整えチェックイン。前泊でよく利用するビジネスホテルのチェーンではなく、今回は仕事先の手配によるシティホテルだ。客室は申し分なく、10時間も滞在しないのがもったいないくらいだが……字が見えない！

落ち着いたモノトーンの内装。照明は、今のおしゃれなホテルは控えめにできているのだろうか、探し当てた限りのライトを点けてもなお暗い。スイッチを示す字は黒地に銀で、判読困難。光量不足と色に加えて字の小ささも、老眼にはつらい。空調は送風になっているのか冷房か、設定温度は？　一挙手一投足、確認しないとどうにもならない。浴室に行ってシャワーをひねってから、どれがシャンプーかわからないと気づき、寝室へ戻り老眼鏡を取ってくれれば、レンズがくもり視界を消す。

家でもたぶん見えていないのだ。どれが何のスイッチか何のボトルか、わかっているから済んでいる。慣れ親しんだ環境、自分仕様に作り上げた環境を離れるとは、こういうこと。たった1泊でこの調子では、旅行なんてできるのか。

「いや」。思い直す。何も1泊分の荷物×泊数で荷物が増えていくわけではない。客室を使う勘どころもつかめていくはず。悲観したものではない。

体力の収支

暑さにこうも弱くなったかと驚いている。仕事先へ15分歩いただけで熱中症になった。仕事はどうにかこなしたが頭痛が1日おさまらなかった。こまめな水分補給など熱中症対策をとっても、出かけることそのものがこたえるようだ。年のせいもあろうけど、この夏が特に暑いと思いたい。

さしあたっての課題は都内の某所での仕事だ。電車を2回乗り継ぎ、そこからバス、さらに徒歩で1時間半超。移動の質では、東京から名古屋へ座っていくより消耗しそう。仕事の時間から逆算すると通勤ラッシュのまっただ中、乗り換えは2駅とも大ターミナル駅だ。コロナ前同じ仕事に行ったときは、車内は押しつぶされそうなほどの圧迫感。蒸し暑い構内で渦巻く人波にもまれるのは、すでに暑さ負けしている私には無理だ、と思った。到着して終わりではなく、その先に仕事がある。

ビジネスホテルをとることにした。都内なのに、混雑で隣り合わせた人々は毎日通勤する距離なのに、前泊なんて軟弱すぎると思うけど、体力温存のためにはそうするしか。

今の時期のホテル泊で注意すべきはエアコンだ。ベッドを直撃する向きだと、ひと晩中つけたり切ったりすることになる。予約サイトの客室画像でベッドとの位置関係を確認。平米数以上にだいじな情報だ。文字情報では「個別空調」の4文字が必須。全館空調だと逃げ場がない。

ひと晩空けるとなると家でいろいろすることがあり「夕食はどこかの駅でうどんでも」のつもりで出たら、店々は22時で閉まった後だった。ホテル前のコンビニでカップ入りきつねうどんと、明日の朝食にいなり寿司を調達。炭水化物と油揚げのみで、明日の昼まで生きるわけか。

ロビー正面には有人カウンターに代えてタッチパネルが3台。ここでもか。氏名を入力すると、住所、連絡先がおのずと画面に。「空欄になっているご年齢を入れて下さい」とマイクを通した声がどこからか。辺りを見回し「私にお話しですか?」。姿なき声の主に聞いてしまった。

飲食店のメニューブックがタッチパネルになっていたように、客室では各種案内がテレビ画面に。今は皆さん息をするようにスマホで指を滑らせているから、この方がずっと感覚的になじむのだろう。

チェックアウトの仕方だけ事前に読んでおくかと、タッチするも無反応。例の「高齢者の指の乾燥問題」かと湿らせて再度触れても同じこと。この画面はテレビに準じリモコンで操作するとわかる。

　翌日画面からのチェックアウトを試みると、部屋を出る前に済ませられて待ち時間ゼロだ。何かととまどう新方式だが、利点もある。周到な部屋探しのかいがあり快眠。体力に余裕を持って仕事に臨めた。

「体力に不安を抱え、食生活のパターンを崩し、ホテル代を負担してまで、この仕事を、もうしなくていいのでは」と思うときはあった。一方で、リタイアが視野に入る年代、仕事があるのはありがたいとも。

　気持ちを含めた収支の合う限り、続けていこう。

生存が最優先の夏

暑さと闘う日々が続いている。両親が70歳くらいの頃「この夏は勝負どころだ」と真剣な顔で語り合っていたのがよくわかる。年をとると暑さがこたえる。

啓発記事でよく「高齢者は暑さを感じにくくなるので、適切な冷房の使用を促すなど周囲が気を配りましょう」と言っているが、あれは老いのかなり進んだ段階では？　はじめましての段階の私は、暑さを充分すぎるほど感じている。

暑さを避ける基本は外出を控えることだろうが、仕事となるとそうもいかない。

社会の高齢化を反映してか、道路脇の工事現場で歩行者の誘導に当たっているのは、ほぼシニアだ。私より年上と思われる人も少なくない。日差しも照り返しもきつい中、長時間の立ち仕事で、体力の消耗はいかばかりか。熱中症対策はどうしている？　近所の小さな工事現場にいつもいる人と、たまたま目が合い「暑いですね」と日本人的挨拶をすると「昔よりいいよ。扇風機を着ているから」。

作業服の両脇に小さなファンが付いていて、バッテリーで稼働し、中へ風を送るという。

炎天下に着込んでたいへんと思っていたが、その厚みは風によるふくらみだったのか。

「首にしないの？　している人多いじゃない」。日傘を握り締めている私に言う。濡らすと冷えるタオルを前は使っていたけれど、服に水がしみて、と話すと「今はいろいろ新兵器があるじゃない」。

　街で観察すると、なるほどだ。首かけ扇風機、ファンはなく代わりに金属の板のついたもの、チューブを曲げて輪にしたようなもの。扇風機はバッテリーの重さがあろう。チューブがいちばん軽そうだ。呼び名がわからないので「首にすると涼しくなる輪、ありますか」と店で聞く。通称クールリングとのこと。

　売り場にあるのを試着すると、すでに涼しい。特殊素材が入っていて、28度で凍結、体温により溶けはじめ、その際に熱を奪うという。長時間は持たないが、28度なら、外して冷房の効いたところに置けば、再び凍りはじめるわけで。

　私が仕事に行くときいちばんの関門に感じているのが、実は家から駅までの15分なのだ。徒歩15分の距離は微妙で、バス便はなく、タクシーに乗るのは気がひける。「いや、気がひけるとか言っている場合ではない。空車が来たら乗ろう」と意を決してもほとんど通らず、振り向き振り向きしているよりまっしぐらに進む方が、炎天下にいる時間は総体として短くなる。その私にこの兵器は合っていそう。

長期戦は疲れるけれど、闘い方がつかめてくる。駅までは自転車を利用するのが、炎天下にいる時間を確実に短縮できると結論。それ用に装備を変えた。日傘はさせないので、ヘルメットと帽子を重ねてかぶり、なおもまぶしくサングラス。腕カバーをはめ、首をリングで冷やしながら走る。

仕事先のトイレで見れば、髪はつぶれ、描いたはずの眉は半分はげてしまっているが、よしとせねば。装備のおかげで熱中症の危険はかなり下げられたのだから。

夏は生存第一だ。見た目の方は秋になったら注力しよう。

ヘルメットと帽子

自転車に乗るときヘルメットを着けるのが、努力義務となった。

最初に聞いたときは「……微妙」。通学中の生徒や親が前後に乗せた子どもはよくかぶっている。大人ではツーリングの人以外にあまり見ないような。私が乗るのはごく近場。駅までとか、店や郵便局、銀行、公共機関の窓口に用事のあるときなど。交通量の多くない道を、時間にしてせいぜい10分。ヘルメットはおおげさすぎる気がする。

「いや」。首を振って思い直す。誰もが気を抜きがちなそうしたシチュエーションこそ、危ないともいえる。ただでさえ反射神経の鈍る年代。これを機に着けることにしよう。

問題は重さだ。重くて首が痛くなるようでは、着用が習慣づかない。現物を試着できればいいのだが、努力義務化に伴って、店頭では品切れ状態。通販で探す。

ツーリングの人のかぶるようないかついもの、仮面ライダーや戦隊ロボットをほうふつさせるもの、つばつきの帽子ふうのものなどいろいろある。安全基準を満たした中から、軽さで選ぶ。つばもフェイスガードもなしの、シンプルに丸いもの。届いたそれはバレーボールほどの軽さで、片手に乗せてポンポンはね上げたくらい。鏡の前で、顎紐（あごひも）を留める練習をして爆笑。あまりに似合わないので。着ぐるみを不完全にかぶったみたいに頭でっかちになるのだが、つばがついていないため、相対的な小顔効果が出ない。むしろ下ぶくれになる感じだ。顎紐により顔の輪郭がごまかしようなく縁取（ふちど）られ、頬のたるみがあらわになるのだろう。「これが努力義務ってきつい……」。でもまあ、10分間のことだし、颯爽（さっそう）と駆け抜けるわけだから、見られることもないし。

何回かかぶって出ると、かぶらないのが無防備に感じるようになり、思ったより早く習慣づいた。

想定外の問題が現れたのは、夏になってから。春に努力義務化されてから、初めて迎えたこの季節。日ざしが顔へまともに当たる。つばつきのにしておけばよかった。つばには小顔効果以上に日よけの効果があると気づくべきだった。帽子ふうのに今から買い直すのはもったいない。

後付けできる日よけを通販で探すと、これも「……微妙」。前面だけの小さなつばは、対応するヘルメットが限られていそう。シャンプーハットのような輪っかと後ろ半分に垂れた布を、ヘルメットの上からかぶせるものもある。草むしりのスタイルに限りなく近づき、日よけ効果は大きそうだが、走って風を受けたら飛んでしまわないか。ヘルメット用といっても作業時の熱中症防止に役立つもので、自転車向きではないようだ。

結局、それまで夏にかぶっていたふつうの布の帽子を着け、その上からヘルメットをかぶっている。風につばがあおられてもヘルメットで押さえつけ、顎紐も留めてあるのでだいじょうぶ。

ヘルメットと帽子を重ね着けしたかっこうも微妙……というか、かなり妙だが、誰も見ないし、よしとしている。

夜間の受診

気温の変動がめまぐるしいせいか、体調の不安定な人が身近に多い。今回の人は夜間に体調を崩した。

昔からの知り合いが久しぶりに訪ねてきた。70近くのおっとりした女性である。休日の5時過ぎ、家に迎え、早めの夕飯の幕の内弁当など並べてある食卓へ案内しようとすると「あら、なんか変。ちょっと失礼」。ソファに仰向けにへたり込む。動悸がし体に力が入らないという。熱はないものの血圧を測ると高く、脈も速い。

休日も近所のクリニックが当番制で開けていたはず。調べると惜しくも5時で閉まっていた。

救急車をお願いするには及ばない、すごく痛かったり苦しかったりするわけではないから「悪いけどひと晩ソファで寝かせてもらって、明日朝いちばんにかかりつけのところへ行ってみる」と本人。明日朝まで12時間以上。胸に手を置き脈を数えている知人のようすからして、不安でひと晩持たないのでは。

避けたいのは、受診を迷ううち悪くなり「やっぱり放置できない」と夜中に病院へ行くパターンだ。父のことでも自分のことでも経験した。同じような経過をたどる人が多いのか、遅い時間ほど混み受診が難しくなる印象だ。

「そういえば」。心当たりの病院を知人が挙げる。心臓が前から少々気になっている知人は「何かあったら、あの病院宛に紹介状を書いてもらおう」と思うところがあるという。365日24時間救急対応していると、ホームページに書いてあったそうだ。

電話すると、時間外の対応は再診のみ。その病院にすでにかかっている人に限るとのこと。「そういうものなの！」。知人は少なからぬショックを受けていた。

そこからの私は電話のかけ通しだった。父や私がかつて時間外にかかった地域の中核病院も、再診のみと。

代わりに東京消防庁の救急相談センターの番号を案内される。お話し中の末やっとつながり、症状を言うと、複数の病院の番号を教えられる。ただし検索して出てくる情報であり、実際に受診できるかどうかはわからない、必ず電話で確認してから行くようにと。

書き取った番号へ上から順にかけていき「来て下さい」の言葉を聞けたところがようやくあって、タクシー会社へ電話。それがまた休日で台数が少ないとのことで、何社もかけることになり、すべての通話を終えたときは1時間経っていた。

タクシーの中でしみじみと知人が言った。「この具合の悪さでは、あんなにメモしたり電話かけたりできなかった」。同感だ。私も、自分が体調を崩したときは無理かも。火事場のなんとか力が出ると思いたい。

時間外の受診のたいへんさは予想以上だった。10分でも5時を過ぎてしまえば時間外だ。再診に限るという条件も前より厳しくなったように感じた。

報道のとおり来年から、医師の時間外労働の上限が設けられれば、時間外の受診はより難しくなるだろう。具合が悪くなるタイミングは選べないにしても、できるだけ平日の時間内に行っておきたい。早めの受診がいちばんと、改めて思うできごとだった。

人間ドックをどこで

人間ドックをどこで受けるか。職場の健診のない身には考えどころだ。昨年は腸閉塞で世話になったAクリニックで受けた。スタッフの対応が穏やかで、検査も丁寧だった印象。今年もあそこで、となるとひるむ。胃カメラが苦しくて。前に受けていたBクリニックでは鎮静剤を用いていて、眠っている間にすべてが終わった。Aでは喉（のど）の麻酔のみ。食道を硬い管が通る異物感がマジにつらくて、文字にするのがはばかられるほどの派手な音を放って逆蠕動（ぎゃくぜんどう）し、顔じゅうを涙で濡らした。実際には鉛筆くらいだろう管が、竹箒（たけぼうき）の柄のように感じられた。

Bは楽に受けられるとの評判で3か月の予約待ち。Aとは近所でBへ流れた人も絶対いると思うが、方法を変えないのは考えあってのことだろう。そう推察されても、いざ人間ドックの時期が来ると迷う。

別の観点でとらえてみる。将来から逆算する観点だ。検査しても早期発見しにくい病気は、残念ながらある。私がかつて患ったのは、まさにそうだ。望まない事態が将来起きたとき、今を振り返って「別のところで調べていればよかったか」と後悔するか「あそこで調べてわからなかったのなら仕方ない」と無理やりにでも前を向けるか。

胃カメラだけならBだが、さまざまな検査を行う人間ドック。それぞれの専門家がいて、職場や自治体の健診も数多くこなすAが、目は鍛えられそう。あくまでシロウトの想像だが、そのような心の経緯をたどってAへ。「つらいったって人生のうちのたかだか15分」と自らを励まして。

喉の麻酔は注射ではなく、とろみをつけた薬剤を口に含んでしみ込ませるものだ。なるべく奥へ行くよう、顎を上げた姿勢で喉に溜めて、待つこと10分。

この10分間まずつらい。首の後ろが痛くなり、噎せそうなのをこらえ続ける。超高齢者だった頃の親の状況を思い出し「喉の力が弱くなったら誤嚥しそうだな」「認知症になったら10分間キープせよと言われたのを忘れそうだな」。いつまでも受けられる方法ではないかも。

胃カメラそのものも「人生のうちのたかだか15分」と大きく構えるにはつらすぎた。「吐き出そうとするな。自分から吸い込みにいけ。うどんを丸呑みするつもりで！」と自らを叱咤するも、逆蠕動は反射であり、意思のはたらく余地がない。逆蠕動で押し返されても、盛大に涙を流していても、冷静に管を操る医師には敬服する。

終わって医師と共に画像を見る。カルテに記録された昨年の検査結果と比較しての詳細な説明に、できる限りここで受けていく気持ちを固めた。

この日は人間ドックの人が多く、事務員がカルテを各科へ運ぶのが追いつかずにいるようす。レントゲン受付で焦ってカルテを取り落としたところを、スタッフが中へ招じ入れる。「深呼吸しよう」と肩を抱くのが、受付窓越しに見えた。年長者が目を配ってサポートしている。ああいうところからもミスは防げる。

来年もここで受けようと思う理由がもうひとつ加わった。

薬局のシニアいろいろ

調剤薬局へ定期的に行く。持病の薬を受け取るため。平日の昼間に来るのは、ほぼシニアだ。この日はカウンターと待合の椅子とに数人ずつ。

「クリニックで話した。どうして答えないといけないのか」。カウンターの男性は不満げである。調剤薬局でよくある光景。症状はどうか、この前飲んだ薬はどうだったかなど、医師のするのと同じような質問をされるのが常。

「急いでいるからお薬だけ頂戴」と軽やかにスルーしようとする人もいるが、この日の男性はこじらせたようだ。医師の処方に疑義を唱えるのかと気色ばむ。「患者様の安全のため……」。薬剤師が言いかけると「処方箋に書いてある医師の名を知らないのか。××科の権威だぞ」。

やっちまったなと、心の中でつぶやく私。お考えはいろいろおありだろうけど、その反論の仕方はいただけない。チェックするのは薬剤師の務めであり、医師の名によってチェックしたりしなかったりは職業倫理にもとるわけで。こういうところで「権威」を持ち出してくるのが、もう……。

院内処方を長く受けていた人かもしれない。私が20年ほど前、月1回通っていた病院では院内処方だった。窓口にいるのは会計窓口と同じ制服の事務員。番号札と引き換えに、質問も説明もなく渡される。

やがて医薬分業の推進に伴い、院外処方に変わるとのお知らせが。初めてよそで処方箋を出したときは「ここから話すの？　もう何年も飲んでいる薬でも？」。口には出さなかったが、とまどった。

10年ほど前から、渡す際の服薬指導が、薬剤師の義務として法律に書き込まれたと聞く。そのあたりはレジ前に貼り紙をするなど、もっと周知していいのでは。「決まりだから」と言うと角の立つのを怖れ「安全のため」と患者にとっての恩恵を前面に出しているのかもしれないが「法律の定めにより」の方が納得しやすい人もいよう。私もこの件に限らず根拠を示される方がスッキリするタイプである。

服薬指導の義務を理解しているはずの私でも、非協力的な態度をとってしまったことはある。座って待っているのもつらく、一刻も早く帰って横になりたい、薬を早く飲み早く効き目が出てほしいと切望していると、たまたま空いたのが椅子なしのカウンター。そこで「今日はどうされましたか」から始まったときは「ご覧のとおり立っているのもやっとなので、手短にお願いします」と申し出た。そもそも薬を必要とするのは、何らかの疾患を抱えている人。受け答えの体力が常に充分とは限らないのだ。

男性の次にカウンター前の椅子に着いた女性は、たいへん協力的だった。薬剤師の問いに「おかげさまで寝つきはかなりよくなりました」。丁寧に答え、男性が硬くしていった雰囲気が和らぐ。

ただし、なかなか終わらない。「よくなったんですけど、夜に息子から電話があったりすると……」。健康相談は身の上相談に移っていて、待つ人が滞留中。

それぞれの個性が表れる調剤薬局である。

食べるってだいじ

いつもはメールの知人からめずらしく電話があった。久しぶりに、ある集まりに出たところ会う人ごとに「痩せた」と言われ急に不安になったという。たしかに体重は3か月で5キロ落ちた。疲れやすく、力も出ない。話していてもドキドキと動悸がする。膝が痛い、肩が上がらないなど、部位のハッキリしたものでない、こういう不調は初めて。調べた方がよさそうだけど、病院にほとんどかかったことがなく、何をどうすればいいかわからないと。それはたいへん。

とりあえず私の通っているクリニックには、複数の診療科がある。いちばん気になる症状の科を受診して、そこでいろいろ相談するとか？　あるいは、こういう症状があるので何科を受診すればいいかと受付で聞くとか？

翌日再び電話があり、ずいぶんと落ち着いた声。クリニックを予約したら、ドキドキはおさまったという。「よく考えると夏バテの残りかも」と知人。ふだんの3分の1くらいしか食べられなかったそうだ。それなら力も出ないはず。

この夏は私も2キロ落ちた。消化吸収力全般が衰えている感じで、日々市販薬の助けを借り、5月に胃カメラを飲んでいなければ検査したくなるレベルであった。油が特にもたれ、揚げ物はおろか炒め物も受けつけず「油抜きは痩せる」と感じた。最初に熱中症になったのは6月のうち。以来3か月、体温超えかそれに近い暑さにさらされてきたのだからバテるのも無理はない。

記録的暑さの上に知人は、エアコンの故障という不運が重なった。2台が時を同じくして壊れ、古い家なので取り付けには壁を補強しないといけないとわかり、折からの人手不足でなかなか工事へ進めず、エアコンの納品待ちもあり、かれこれひと月エアコンなしのはめに。保冷剤を脇に挟み扇風機にあたり、熱中症はどうにか避けられたものの、その間の疲労と心労は相当で、家を捨てエアコン付きのどこかへ引っ越そうかとすら考えたという。エアコンを常時かけていた私で2キロ減だから、エアコンなしで5キロ減はあり得る。

「検査は検査として、まずは食べたら」と私。クリニックまで行くにも椅子で待つにも、検査そのものにも体力が要る。胃カメラなんて終わるとぐったりし、すぐには口がきけないほどなのだ。

粗食志向の知人は、野菜が玄米が手作り味噌がと言うタイプで、私もややその気はあるが「この際もう食べられそうなら何でもよしとしたら」。私も夏の間は、甘ーいまんじゅうも、保存料たっぷりの餡パンも、うどんや白米のご飯なら入りそうだったら炭水化物に偏っていいからそれらだけとか、とにかくエネルギー摂取につとめた。「たんぱく質もとらないと、と思うけど何でも値上がりで高そうで」という知人に「ホッケの開きなら割と安いし、キッチンバサミで切れば何食分かになるよ」と献立の指南までしてしまった。それが半月前のこと。

このほどまた電話があり、検査して何ごともなかった、涼しくなるにつれ食べる量も徐々に戻り「馬肥ゆる秋」を実感しているという。この夏は返す返すも暑すぎた。

少し太めがいいみたい

コロナ禍を経て再び会うようになった知人の食べ物の好みが、前と変わった印象だ。用事の合間に小腹を抑えるにも、おにぎりなら天むすとか、何かちょっとずつ「足して」くる。カロリーを警戒する人なら用心深くなりそうなものを選ぶのだ。

軽い驚きをもって見ている私の視線を感じてか「実は」と訳を語り出す。

会わない間、体重の増減が激しかった。コロナ禍の巣ごもりで3キロ増。この夏から秋口までに5キロ減。

暑さ負けして食欲が失せているのは、自分でも感じていたという。「でもまあ、コロナ禍で太ったからちょうどいいか」と放置していたら、胃が小さくなってしまったのか、秋が来てもなかなか回復しない。体調もいまひとつ。疲れやすいし、動くとゼイゼイして、太っていた頃よりすぐ息が上がる。肌の色つやもよくなく、われながら老けた感じ。

かかりつけ医を受診すると、幸い内臓に悪いところはなかったが「急に痩せすぎ」と指摘された。5キロもだったら筋肉も落ちているはずと。たしかに腿の皮膚などたるんできている。運動はもともとそんなにしない上、暑くて外を歩くこともなくなっていた。かかりつけ医の言うに、筋肉が落ちると心臓に負担がかかる。心臓は血液を全身にめぐらせるポンプの役割で、筋肉はポンプの補助をする。運動する力は今すぐ出ないだろうから、まずは体重を戻そう。消化剤を処方するので、とにかく食べよう。いちどにたくさんが無理なら、小分けでいい。筋肉のモト、たんぱく質を忘れずに。効率よくカロリーをとるには油だ、と。

「まさか太る努力をする日が来るとは思わなかった」と知人。カロリーは控えめを、長い間よしとしてきた。

記録的な暑さだった夏を経て、痩せたとか弱くなったとかいう話は周囲に多い。私は6月に早々と熱中症になり「これから3か月は暑いのに、先が思いやられる」と嘆息した。9月でおさまるどころか10月になっても続き「来る日も来る日も暑く、生きても生きても夏」だった感がある。私も2キロ減るに至って「よろこんでばかりもいられないかも」とかかりつけ医へ行き、消化剤をもらってきたのまで、知人と同じだ。

肥満度の指標のひとつにＢＭＩがある。体重と身長の関係から割り出されるものだ。わが家の体重計は詳しめで、身長を入力しておくと、乗るたびにＢＭＩが表示される。低いとなんとなくうれしいけれど、日本肥満学会によると、もっとも病気になりにくい数値は

22。意外なことに高すぎるより低すぎる方がリスクは上がるという。健康を考えると、痩せすぎよりも少し太めがいいみたい。体重計に表示がなくても、電卓で算出できる。体重÷身長÷身長がＢＭＩ。１メートル60センチなら１・６で割る。

例年正月太りが心配だが、気にする前にＢＭＩを調べよう。

元気でも危うい

久しぶりに会った知人の歩き方がどことなく慎重だ。「この数か月たいへんだったのよ」。転んで膝を傷め、生活が一変したという。自宅の風呂場を掃除していて、タイル張りの床でつるーんと滑り、強打した。

歩行の足を運ぶことはできるが、膝の曲げ伸ばしが超絶痛い。布団での寝起きとトイレでの立ち座りが、特につらい。

畳に布団で寝ていたのを、急遽(きゅうきょ)ベッドを購入した。トイレになるべく行きたくなく、水分を控えがちになり、食欲も失せてくる。どうしても無理なときのため、親の介護のときに常備していた紙オムツまで買ったという。「まさかこんなに早く、また買うとは思わなかった。しかも自分のために」。60代もまだ前半だ。

痛みが続くのでヒビでも入ったかと整形外科を受診したが、それはなかった。ただ関節の変形は少し始まっているという。膝の軟骨がすり減っていくもので、加齢により、または運動をしない人、逆に膝を使う運動をしすぎる人に見られるそうだ。

ダンスフィットネスが好きな彼女は、運動をしない人ではない。私とは通っているジムは違うが、趣味を同じくするためよく話す。

「じゃあ、この間ジムの方は？」。訊ねると、よくぞ聞いてくれたとばかりに、深くうなずく。歩くのがやっとの状況では、ダンスなんて夢のまた夢。休んでずっと家にいた。オンラインのおかげで仕事を含め社会生活に支障はない。けれどもだんだん鬱っぽくなってきた。「私はやはり定期的に、あのエネルギーのシャワーを浴びないとダメなのだ」。せめてあの場に身を置いて、音楽に合わせ体を揺らすことだけでもしよう。

健康にもよいはずだ。この間膝をかばって変なところに力が入り、全身が凝り固まっている。変形性膝関節症そのものも、運動をしないと進むと医師に言われている。体重が増え、筋力が落ちると、関節にますます負担がかかり悪化すると。

レッスンの先生や他の参加者は、万全な状態でないとひと目でわかる人がいると気になるだろうけど、幸い長く出ているレッスン。訳を話して、復帰する。サポーターをして隅っこに立ち、できる動きだけから始めて。

2か月経つが筋力はなかなか戻らない。年をとってから転倒するといっきに衰えると、介護に関わる人たちが言っていたのは「これだったか」と思ったという。

私も少なからずショックであった。張り切ってダンスしていた人が突然、紙オムツを求める事態に陥るとは。軟骨成分に関する広告が、シニア向け媒体に多いわけもわかった。

私の参加しているレッスンも、絵に描いたような「元気シニア」の集うものだが、その実誰もが危うい線にいるのかも。現に、急に見なくなる人や、両膝にサポーターをして出てくる人もいる。

年かさの知人が前に嘆息していた。「子どもが独立して親を送ったら、もう老後。自分のことでぞんぶんに動けるのなんて、ほんのいっとき」。限られた花期と知っているから派手に咲く。レッスンの光景をしみじみと思い出すのであった。

弱点を受け入れて

平日の昼間にジムへ行くと、壁の上のテレビに60代のダンサーが映っていた。老いを感じることはないかと質問されている。

こういう話を自分事に感じるようになったのだなとしみじみしつつ答えを待つと、ダンサーは言った。日々感じている。ここが弱くなった、この動きができなくなった。でも受け入れる。想像力は老いても向上できるし、経験知はむしろ増していくと。深い。

ダンサーの話の文脈からはズレるが、ダンスには私も思うところがある。私が熱心に通うのは、運動だけでない意味があるからだと、最近になって気づいた。

一つは弱点の克服だ。正確には「克服」でないかもしれない。ダンサーの言葉を借りると「受け入れ」た上で、利点に変える。もう一つは足りなかったものの補完である。

一つめの弱点とは聴覚で、私の耳はどうも音を拾いすぎるらしい。ロビーやラウンジの類では、流れている曲、テレビ、館内放送、人の話し声、電子音……。刺激が多く、必要な音を拾うには集中するので、疲れる。コロナ禍の巣ごもりから社会復帰して、身にしみた。

社会生活上の困難ともいえるその弱点が、ダンスでは生きるのだ。

スタミナに欠ける私は、ひとつひとつの動きが小さい。鏡の前で他の人と踊るから、よくわかる。他方、動きを止めるタイミングや緩急、書道でいう「とめ、はね、はらい」は先生と合っている。目で見て合わせるのでは遅れるはず。耳で合わせているのでは。「とめ」はまだしも「はね、はらい」まで合うのは、主旋律以外のさまざまな音に反応しているからでは。かすかな余韻に「ここは弓道でいう〝残心〟ってやつだな」とポーズをしばらく保ったのち静かに解くと、先生も同じようにしている。

もう一つの足りないものは、感情を外へ出すことだ。自分では抑えつけていないつもりだが、顧みればこれまでの人生、親の死の際も自分の病の際も、葬儀の弁当とか入院中の郵便物とか、段取ることが多すぎて、涙する暇がなかった。「それは不健全。どこかで埋め合わせした方がいい」。心のはたらきに詳しい人に指摘される。いつか「涙活（るいかつ）」に行くかと考えていた。

「涙活」に準ずるものにダンスがなっているのでは。音だけでなく曲の詩情も感じるようにと、先生はいう。英語の歌詞はちんぷんかんぷんだが、ときどきわかる単語がある。ダークネスがどうこう言っていたら「ここは闇に押しひしがれ苦悶しているところだな」。

首を垂れ、足を重く運ぶ。ライズアップと言ったら、はればれと顔を上げ、元気いっぱい立ち上がる。思いをこめすぎマスクの下で「顔芸」までしていそうだ。

たまたま踊ることになった歌詞の詩情だから、内なるものを外へ出すのとは違うけど、感情の体による表現であり、ひとつの解放といえるだろう。昔ヲタクとしてウォッチしていたフィギュアスケートが、スポーツに加えアートの面もあるというのに通じそう。

ひょんなきっかけから意味を掘り下げたダンス。ジムでもそろそろマスクを外す。顔に出すぎないよう気をつけながら励もう。

膝にいよいよサポーター

膝の存在感がじんわりと増している。最初はジムで60分間のダンスフィットネスを終え「この靴なんだかクッション性が落ちていない？」と感じた。床の硬さが膝に響くような。衝撃をより吸収する底の厚い靴に替えても、なおときどき膝に違和感をおぼえることが。胃の例がわかりやすいように体の部位は、正常に機能しているうちは意識しないものだ。存在感があるということは、すなわち不調の始まりでは。クッション性が落ちてきているのは、靴ではなく膝だったか。

シニアに膝の悩みを持つ人が多いのは、サプリの広告の示すところだ。前はあまりピンと来なかった。痛みの出やすい要因として加齢以外によく挙がるのは肥満と運動不足。私は人間ドックの数値でいえば肥満にあたらず、運動はしている。ダンスでは不調を感じるどころか、若い人よりむしろ動けている方だ（比べてしまうところがまさしくシニア）。

けれども徐々にダンスとの相関性に気づいていった。2日続けてジムに行ったら違和感が現れ、2日休んでみると引っ込む。たしかに屈伸したり強く踏み込んだり、テンションが上がると余計力が入ったりと、膝に負担はかかりそう。行き帰りの駅と家の間は自転車をガシガシこぐし。

私が怖いのは不調が進んでダンスができなくなることだ。50代後半で出会い、もはや仕事と俳句と並ぶ三大生きがいとなっている。

サポーターをしてダンスに来ているシニアは少なくない。固く編まれたネット状のもの、テーピングに近い立体的なものなどさまざま。俳句の方でも、散策して句を作る会が先日たまたまあり、共に参加した人のワイドパンツがおしゃれで褒めると「中にサポーターができるからいいのよ」。ふつうに長歩きしていたから膝に悩みを抱える人に見えなかったが「歩きやすさも疲れにくさも、するとしないのとでは大違い」という。

私もいよいよサポーターデビューか。痛いとか動かせないとかはまだないが、違和感のうちの早めの対処がいいのかも。

ダンスに行ってまたも違和感が出た帰り、電車に乗るやスマホの画面に「膝、関節、痛み、予防、サポーター」と入力し、こんなのを検索したら私のスマホは当分サプリの広告だらけだろうなと思いつつ、のめり込んで調べた。商品そのものは「予防」をうたっていないが、レビューにはシニアからよろこびの声が寄せられている。読む限り私の段階では、ネット状のを試すのがよさそう。

駅から直行した薬局で、商品の箱を熟読したら、すぐ後ろに白衣の店員がメジャーを手に立っていた。膝の周囲の長さによって適応サイズが決まるらしい。さすが店員、選ぶのに必要な情報をよくご存じ。それくらいよく売れる商品なのか。

レギンスの下に着けてダンスをすると、文字どおりサポートされている感じ。ただし頼りきりにならぬよう、自前のサポーターというべき筋肉もつけないと。ダンスが楽しすぎて、筋トレをサボッていた。

いろいろなものを役立てて少しでも長く続けたい。

ダンス寿命を延ばしたい

シニアに多い膝の悩みが、にわかにわがこととなり、サポーターを試した。ジムでのダンスの際に着けると、なるほど違う。屈伸や急な方向転換でも守られている安心感がある。逆にいえば、ダンスは膝に負担がかかることはかかる。今までが無防備すぎた。加齢で軟骨がすり減ってくるとは聞きながら、動けるのをいいことに調子に乗っていた。サポーターのおかげか違和感はかなり改善……ところが。

ある朝起きると、最大級の違和感が出現していた。「なぜ?」。前日はジムに行っていない。ダンスとの間に相関性を認め、それに基づき対策してきたのに、仮説を裏切る現象だ。他にどんな因子が。

前日の行動を振り返れば、長時間正座していた。礼法のいう正座ではないかもしれないが、膝を折りたたんで座っていた。

リビングのソファ前のローテーブルが、床に座って何かをするのにちょうどいいのだ。ダイニングテーブルがありながら、食事もついそこへ持っていく。夜は、そこでノートパソコンを開くのが常。前の晩はいつも以上にのめり込み、画面端に「入力時間が長くなっています。少し休憩しませんか」との警告がコーヒーのイラスト付きで2度も出ながら、無視して続行。パソコンを閉じて立ち上がるとき「痛たたた」。膝がすぐには伸びなかった。

正座は昔から好きである。畳に卓袱台（ちゃぶだい）・炬燵（こたつ）で育ったせいか、いちばん落ち着く。学校や職場では椅子だったが、尻の据わりがよくなく腰が疲れ、足もむくんでくるようで、帰宅し床に腰をおろして、人心地つく。昭和の生活文化満載の「サザエさん」で、波平が会社へ行くときは背広で、家に着くと和服に着替えるのと似ていそう。くつろぎタイムへのスイッチといおうか。

和室のない今の住まいでも、仕事は書斎のデスクトップパソコン、ひと区切りつくや机を離れ、吸い寄せられるようにリビングの床へ。仕事以外の調べ物、ネットでの買い物、動画鑑賞、すべてローテーブルで。

調べると正座は、膝に違和感のある人が避けるべきこととして、何人もの整形外科医が挙げている。曲がりが深すぎ負担がかかり、クッション性も損なわれると。正しく座れば悪くないとする説もあるが、サポーター同様まずは試そう。

正座をしないで1日過ごすことにする。癖で食事をローテーブルへ運びそうになるのを、踏みとどまってダイニングテーブルへ。ノートパソコンも初めからダイニングテーブルに載せておく。書斎から這うように出てきたら、そのまま床へへたり込みたいのに抗い椅子へ。意志の力の要ることだ。60年来の習慣であり、条件反射がすでに形成されている「べた座り＝くつろぎ」の回路を断ち切るのだから。私だけではあるまい。少々姿勢が悪くなっても炬燵でパソコンをしたい人は、少なくないのでは。

試した結果、正座との間にも相関性を認めざるを得なかった。違和感の因子はたぶんひとつでないのだろう。いずれも若い頃はしても何ともなかったこと。

ダンス寿命を少しでも延ばすため努力あるのみだ。

補助椅子を使う

年をとると正座がたいへんになるらしいのは知っていた。

親戚が集まると、かつてはふつうに座っていたおじ、おばが補助椅子を希望するように。正座の際足とお尻の間に挟んで使う低い椅子で、畳の部屋のある施設にはたいてい備えられている。地域の会合でも公民館の和室しか取れないと、補助椅子を欲する人が多くて数が足りなくなる。住人の高齢化を感じるできごとだ。

私は正座が苦ではない。椅子にずっと腰かけていると、むしろ疲れる。会社で事務仕事をしていたときは、膝掛けに隠して足を椅子の座面に上げていたし、長時間の車内も同様だ。

今住んでいるのは全室フローリングの洋室だが、家に帰ってきたときくらい日本式の座り方をしたくなる。リビングの床につい腰を下ろし、ソファの前を背もたれ代わりに。そうするために座布団もわざわざ買った。椅子に腰かけていた間の足のむくみが取れる気がして、くつろぎを実感する。正座から少し膝を崩すとなおのこと。ソファにもたれたまま、ついうたた寝。床暖房の季節は特に、下からとろけるように温められ、眠りに引き込まれてゆく心地よさといったら……。

私より畳の生活の長かったはずのおじ、おばが腰かける方が楽というのが、正直ピンと来ないのだった。

「私もそうだったな」。私より少し年かさの知人が言った。膝が痛くなり整形外科で検査したところ、関節の軟骨がすり減ってきているといわれたそうだ。変形性膝関節症である。

動かした方がいいとのことで、サポーターを着けて旅行にも出かけているが、宿が布団だと寝たり起きたりするのがたいへん。移動中の急ぎのトイレで和式しか空いていないと絶望的な気持ちになる。屈伸が何よりつらいのだ。「あれを思うと、正座は膝にかなり負担だったかも。相当深く曲げるから」と知人。膝を崩すとひねりが加わって、余計よくないという。

知人の話に考えさせられた。変形性膝関節症は65歳以上の半数が抱えているそうだ。私は痛みはなく、屈伸もふつうにできるけれど、62歳という年齢からして、軟骨がすり減り始めていておかしくはない。

とりあえず床に腰を下ろすのを止めてみた。テレビも通販カタログのチェックもすべて椅子で。でもときどきむしょうに正座したくなる。こういうときこそ補助椅子では。通販で探して購入。

背もたれのないごく低いスツールのような椅子で、尻を乗せると、なるほど膝の曲がり方は浅くなる。たたんだ足を、椅子の左右の脚の間に収めるのがややきゅうくつだが、膝の崩れを防いでいいのかも。

私もついに補助椅子を求めるようになったかと、しみじみするが「転ばぬ先の杖」。軟骨のすり減り具合はどうかも、そのうち調べにいこうと思っている。

改めた習慣

膝のことを考えて、椅子の暮らしにシフトし2か月。

畳の家に育った私には、正座がもっとも安定はする。「やれやれ」と床にどっかり腰を下ろすと、くつろげるし落ち着く。

そのよさをあきらめきれず、正座の補助椅子を購入したことを、先に書いた。15センチほどの高さの椅子に尻を乗せると、膝を曲げる角度がいくらか浅くなる。

けれども膝の違和感は、なかなかなくならない。

私がおそれるのはダンスができなくなることだ。ダンスは私が60近くなってようやく出合えた趣味であり、それなしの人生はもはや考えられなくなっている。出不精な私がダンスのためならジムへ通い、人付き合いも面倒がる方なのに、ダンスの情報を交わしたく、ジムのクラスの人をラインに「友だち登録」しているほど。

ダンスは膝を使うものである。サポーターをしてジムのクラスに来ていた人が、膝の軟骨のすり減りがいよいよ進み、当分休むと聞いたときはショックであった。いかに無念かと気の毒だし、他人事とは思えない。年齢的に私も、すり減りが始まっているかもしれず、くい止めるため、できることは何でもしなければ。

ダンスをただちにあきらめるのは「できること」ではないので、せめて膝を保護すべく、サポーターは必ず装着。靴もクッション性のあるものを選ぶ。ふだんの服装では、とにかく膝を冷やさないよう、裏起毛のパンツになお防寒レギンスを重ねてはく。それでも違和感はまだ残る。

ついに正座を止めることに。これではかばかしくなければ整形外科へ行くしかないという、不退転の決意である。そのときのため、通えそうなところにクリニックを探し「いや、ダンスを続けられるよう相談したいからスポーツクリニックの方がいい」と調べ直して、行き方まで頭に入れた上でのことだった。

効果はすぐ出た。違和感は嘘のようになくなった。ダンスの頻度は落としておらず、正座を止めただけで。正座が悪いとは言いきれない。適切な姿勢なり重心のかけ方なりがありそうだが、私の膝には負担になっていたようだ。

じわじわと不安をもたらしていた違和感が、こうもきれいさっぱりなくなるとは意外だ。さらなる驚きが、正座なしでもいられるようになったことである。「やれやれ」のとき床に腰を下ろさなくても、ソファで足りるように。どうしても正座したいときのため、補助椅子まで買ったのに。

　補助椅子はもはや、単なる低い椅子として、腰かけて足を投げ出すように膝を伸ばすか、肘枕の代わりにして寝そべり腰を伸ばすか。

　長年身についた習慣が、これほど短期で変わるとは。必要に応じてまだまだ改めていけそうだ。希望が持てる。

用意はほどほどに

パソコンで作業しているとメールの通知音が鳴った。件名は「ご宿泊日が近づいてきました」。ホテルの予約サイトからである。心当たりがなく首を傾げてから「しまった！」。キャンセルを忘れていた。

地方都市での会合がこの時期にありそうだった。当日朝新幹線に乗り間に合うよう設定されるのが通例だ。家からはちょうど通勤の時間帯に当たる。混雑にもまれ東京駅に着き、行ってすぐ会合なのは体力的に厳しそう。前泊のホテルを自分で予約したのが、半年ほど前のこと。その後出かける必要がなくなって、キャンセルしたものと思い込んでいた。

観光客の戻りでホテルは不足ぎみと聞く。会合の諸々が定まってから予約しようとして、空室がないと困る。早めの方が割引もあるし。などと考え用意したのだが、半年前は周到すぎたか。

慌ててサイトを確認すれば、すでに10パーセントのキャンセル料がかかる日だった。前泊の晩に部屋で仕事をすることを考え、広く使えるツインにしたのも、こうなると裏目に出た。

当日の不泊100パーセントを支払わずにすむのは助かったが、せっかくご親切にメールを下さるなら、キャンセル料がつかない4日前にいただくのが大歓迎……だけど、そこまでの親切を期待してはいけない。

私はどうも備えすぎる癖があるようだ。「〜だと〜だから〜〜しておこう」と考え万全を期そうとする。古くは母の葬儀のとき香典の隠し場所に懲りすぎ、迷宮入りになりかけた。2日続きの葬儀の2日目、家を出ようとしてふと、香典泥棒の被害に遭った知人の話を思い出したのだ。

葬儀では家の人が出払うのを泥棒は知っていて、留守宅に入られ、1日目に受け取った香典をごっそり持ち去られたという。1日目の葬儀の後、銀行に預けにいく時間はなく家に置いてあった。「ありきたりのところにしまってはダメね。たんすとか本棚とか」。知人は意表を突いたつもりで下駄箱に隠したが、まんまと探し当てられたという。

「ありきたりでない場所、ありきたりでない場所……」。玄関で靴を履く父を横目に、家の中をうろうろする。食器棚はありきたり。電子レンジやグリルの中は、家族の誰かが知らずに加熱するとお札が焦げそう。ぬか床に埋めてはどうだろう。

食品保存袋を何重にもしてから「やはりいくらなんでも……」と思い直し変更。で、その場所を忘れた。血の気の引く思いで探した挙げ句冷凍庫にあったのだった。考えすぎるのに加え、覚えておけないのが事態を悪化させる。

シニアになりつつあるこの頃は、もたつくと周囲にご迷惑と思うから、早め早めに用意しがち。レジでカードをすぐ出せるよう、列に並んでいる間に、財布から抜き取りバッグの外ポケットに移しておく。自分の番が来ると、アプリがどうとかペイペイがどうとか、想定外の質問が次々に。聞かれていることを推し量って答え、いざカードを出そうとし、財布内になくて焦る。「用意はほどほどに」を自分に言い聞かせよう。

パワーの元は

遅い時間の会議の後、有志で寄るのが慣わしとなっている店がある。さばの味噌煮やきんぴらなど家庭ふうの料理とお酒の店で、夫婦2人で切り盛りしている。コロナ禍による中断を経て久々に行くと、妻は従前どおり店内を飛び回っていた。背中は多少前かがみであるものの、ビールを置くや空になった器を瞬時に持ち去るフットワークの軽さは目を見張るほどだ。

「お変わりなくてよかった」。声をかけると「私、68になったのよ」。一時期脚を悪くしたがハリで治り、以来腕や肩、こめかみにも置きバリをするようになった。「今はどこも痛くない。毎日3時間睡眠でも」。信じられない。肌なんてつるぴかだ。

配膳の合間の途切れ途切れに1日の流れを聞くと、夜10時に店を閉めて帰宅し、寝るのは11時から。3時には再び店に来て5時までかけて仕込みをする。いったん家に戻り食事や掃除洗濯の後、昼前にはランチ営業のため店を開け、後は閉店までずっと。定休日を除く毎日それで、やつれるどころかつるぴかなんて、すごすぎる。

さりげなく観察していると、箸がまだ皿に載っているうちに持ち去るなど下げるタイミングがフライングぎみだったり、空瓶どうし音を立てて打ちつけながらかき集めたりと、連続運転で一種のハイな状態になっているのが感じられる。にしても、それを支える脳内物質か何かがずっと出続けているのが驚きだ。見ている方が目が回るほどの忙しさで、疲れも蓄積するだろうに、顔が険しくなることなく、むしろ多幸感が表れている。68歳でそのパワー。見習わねば。

実践する機会が早速来た。夕方から仕事の日、家を出るまでパソコンで作業していた。ひととおり終えたところで時間になる。後は帰ってから手を入れて、今晩じゅうに完成させよう。形はほぼ作れたから、集中すれば2時間でできる。仕事先でのハイな状態が続いているだろうから、その延長でもって。

目算どおりには進まなかった。何回手を入れ直してもうまく行かず、今晩じゅうどころか朝になっても終わらない。いったん寝ることにし、3時間後に目覚ましをかけ、起きてどうにか完成させたものの、その日1日パフォーマンスは悪かった。会議の始まる時間を勘違いして遅刻しそうになり、駅まで自転車で行ったのを忘れ、帰宅後に気づき、歩いて取りにいったほど。

集中力は体力だと痛感する。3時間睡眠であのフットワークを保てるのがいかに並外れたことであるか。もしかしてハリがパワーの源に？

次に行ったとき置きバリについて聞くと別のことを語った。「私、いつも感謝しているの」。閉店後、夜空の下を家へ自転車をこぎながらだ。見上げて雲がある方が心はより晴れやかだという。「雲の流れていく先にはいろいろな人がいるだろうに、私は毎日働けて幸せだなって」。ありがとうございますと声に出して言うそうだ。尊い……。

高揚と多幸感の元はハリでも脳内物質でもなく心ばえであったか。私もそこから見習わねば。

いくつでギアチェンジ

目の下のクマを消しに、美容医療へ定期的に通っている。加齢で皮膚の下が萎(しぼ)んで凹(へこ)みが影となるのを、コラーゲン注射により埋めるのだ。どのくらいの頻度ですればいいかと、初めてのとき聞くと、半年にいちどくらいとのこと。

年にいちどの健診同様、次はいつ頃かを手帳に記しておいたが、必要なかった。書かなくても顔が教えてくれる。

施術時しばらくは、それが元からの自分の顔のようなつもりで過ごす。そのうち目の下がなんだか暗く見える気がして、メイクで補正。ファンデーションを塗る際その部分だけ明るめの色を足すのである。

やがてその方法では隠しきれないと知る。夜の電車や地下鉄の窓はてきめんだ。あれはどういうしくみか、上からの光で照らされると色が飛んでしまうのか。目の下や頰のたるみなど凹凸による陰影がありありだ。夜の電車や地下鉄の窓に映る自分に、愕然(がくぜん)としない人はいるまい。そのせいか車内には美容医療の広告が多め（私の目につくだけか）。

色で補正しきれなくなると形を補正。すなわち凹みを埋めに、そろそろ予約せねばと思う。そのサイクルがみごとに半年である。

髪を染めに、美容院へも定期的に通っている。こちらのサイクルはより短く3か月。日頃はカラートリートメントで対処して、いよいよごまかしきれないと予約するのがその時期だ。

どちらも予約しながら思う。「いつまで続ける?」。

新聞で、何の専門家だったか、名前の下のカッコ書きの年齢が63とある人の談話に添えられた小さな顔写真を見て「私もこの路線だ」と思った。髪型は40代。肩につくほどに下ろし、前髪は額にかかる。色は白黒写真ではべたっと黒い。顔は髪型の印象より老けているが、実年齢からすると努力を感じさせるもの。ひとことで言えば「若作り」なのだ。

他方シニア向け女性雑誌によく登場する80代のかたがたは、髪の形も色も40代とは一線を画する。グレイヘアを耳の出るように結い上げて、前髪は額より張り出させて固めている。肌は皆さんおキレイながら、シワ、タルミなど、自然なというべき凹凸感が。

著名人ゆえ、若かりし頃の姿も知っている。美に対して意識的なかたがただ。そのかたがたが「できるだけ髪は黒く保ち、顔は凹凸を均す」方向の美から、どこで切り替えたのだろう。「若作り」から「年相応にステキ」へギアチェンジするタイミングは、いくつくらい？

そんなことを考えていたら劇的に方向転換した知人がいた。70代の女性である。数年前までは、2週間にいちどは美容院で染め、服装もタイトめのスカートに、冬でも肌の透けるストッキングだった。

このたび会うと、総白髪にフレアパンツに変わっていた。「私もう、おばあさんでいいことにしたの」。

それまでの努力の基準の高さもさることながら、止めると決断したときの実行力も見上げたものだ。総白髪の完成まではターバンを巻いて過ごしていたという。

私にもいつかそういう日が来るのだろうか。

働き方の変わる頃

定年を迎える年代となり働き方の変わる人が、周囲に出てきている。仕事先の2人が話していた。1人は週に数日出社、1人はフリーランスとなって基本的に家で仕事。共通して口にしていたのが、時間の使い方へのとまどいだ。前より自由になったものの同世代でまだフルタイムで勤めている人を思うと、働かない時間イコール怠けている気がして、遊んでいていいのかと不安になるという。「どうやってメリハリをつけていますか」。2人の視線がふいに私に向けられ、どきまぎした。

メリハリのつけ方は私は下手。長年フリーランスの在宅ワーカーだが、だからこそというべきか「勤労の病」にとりつかれている。若いときは「育児との両立問題のない私は仕事に全力を尽くさねば」。親が高齢化すると「不測の事態に備えできるときにできる限り進めておかねば」。介護をきょうだいがしてくれている間は「だのに遊んでいては申し訳ない」。朝から晩までパソコンにへばりついていた。

長年の習慣と考え方の癖は堅固なもので、数年前ダンスが生活の中に入ってきたときも

「資本である健康につながり、心身のリフレッシュは仕事に好影響をもたらす」と理由付けの上是認したのである。

「暇だから行くか」という感じで出かけることはない。その週は何曜と何曜に行けそうか、前もって計画。それには何時に家を出ればいいか逆算し、直前までパソコンの前にいる。電車で行くので往復の時間は、書きかけのもののプリントや資料本を読む。仕事モードが色に出ぬようひっそりと。前に誰かが「忙しさをひけからすのはみっともない。時間管理ができていない証拠です」と語るのを聞き、もっともだと思った。

家でどの日にどの仕事をするかも計画している。ひと月分の総量とそれぞれの期日にもとづいて割り振る。朝起きて「さて、今日は何をするか」と1日を始めたことは、かつてないような。

そんな私も働き方は微妙に変わっているかも。昼間にダンスに行く日が出てくるようになった。前は自分に禁じていた。夕方まではフルタイムの人と同じに働いて、ジムは会社帰りの人が寄れる時間帯に限る。それだと退勤で混雑する電車に乗ることになり、遅延で目的を果たせないことも起きる。仕事の計画を守ることを条件に、昼間の遊びを自分に許した。

大局的に見れば仕事の総量にも影響していそう。数年前はなかったダンスと移動の時間が24時間×365日の中にあるようになったわけだから、そのぶんどこかが削られているはず。遊びが働く時間をじわじわと侵蝕している。

電車で人が、資格試験の分厚い参考書で勉強している姿を目にすると、ドキッとする。ここまで寸暇を惜しんだ時間の使い方を、今の自分はしているかと。

詰め込むことそのものが価値ではないのに、遊んでいけないどころかワークライフバランスの実現がめざされているのに、いまだ前時代的な病から抜け出せない私。改めねば。

無駄に勤勉

長年の癖で、遊びにおいても変な勤勉さが出てしまう。通おうと決めたダンスのクラスには、仕事を調整の上できる限り出席。集中して臨む。努力のかいがあって、たいていの曲はついていけるようになった。音をよく聞き先生の動きをよく見ていれば、必ず合わせられると信じる。

今知りたいのはヒップホップだ。私の通うダンスはさまざまなジャンルの動きを少しずつ取り入れており、ヒップホップが由来と推測されるリズムの取り方がある。あやふやなままそれらしくしているが、正しくわかれば、もっと安心して踊れそう。調べるとジムには、平日の夜にヒップホップのクラスがある。行ってみることにした。

遅い時間とあって、スタジオに人は少ない。勤め帰りとおぼしき年代の人が5、6人。男性の先生が現れて、ウォームアップの曲をかける。柔軟体操ふうのものは、私の通っているダンスとほぼ共通だ。

続く準備運動で俄然ようすが変わった。ステップのおさらいらしいが、私は初めてのものばかり。未経験者だと、先生もひと目でわかったようで、準備運動が終わると近づいてきて「今日はこのステップだけ覚えて帰りましょう」。3拍子のステップを実演する。ダンスが始まった後も、私は隅で足元を見つめ、ひたすら反復練習をしていた。どれくらい続けたか。先生が来て「このステップもしてみましょう」。3拍子はどうにかマスターしたらしい。

この2つめのステップが難物だ。右足を上げ、左足で軽く前へ跳ぶと同時に、左足を後ろへつく。次は左足を上げ、右足で跳び……自転車を逆にこぐような動きとわかったのは後からで、そのときは「えっと、この足で跳んだから、次は……あ、違った」。考え考え行うので、片足で立つ、上げる、踏ん張る、ひとつひとつの静止時間が長くて、筋力が要る。ほとんど動いていないのに、汗がダラダラ流れてくる。

「そっくり返っていると足が出ません。前傾して」。先生に言われて体を倒した、数歩連続できるように。さらに反復していると「危ない！」。知らない間に、壁に向かって進んでいた。むろんその場でステップするのが正しい。

愕然とする。こんなにもできないものか。ショックなのは最初に習った3拍子の方をきれいさっぱり忘れていることだ。ひとつ覚えようとすると前のことを忘れるのでは積み上げていけない。

たいていの曲はついていけるなんて慢心だった。これまでのダンス経験はなきものと思い、一から学ばねば。幸いジムには平日の昼間に、ヒップホップの基礎クラスもあるようだ。

「いや」と首を振る。この覚えの悪さで基礎からなんて、道のりが遠すぎる。ダンスばかりしているわけにはいかない。ダンスは遊び。今の私が向上心を発揮すべきはまず仕事で、仕事以外であっても、もっと別のことのはず。

70代で英会話を始め通訳のボランティアになったとか、80代でプログラミングを学びアプリを開発したとかいう話を聞くと、つくづく頭が下がるのだった。

続けるから動ける？

テレビ番組で企業の社長の1日を追っていると、フットワークの軽さに驚く。隙間なく詰まった案件を、疲れた顔ひとつ見せずにこなしている。社内の会合、社外での面談、工場や店舗の視察、催し物に立ち会って、その足で出張へ向かうなど。

お役目からして50代後半や60代。その年齢でこの動き方は「すごい」と思う。体力の維持に社長ならではのノウハウがあるのだろうか。

身近に接する中で動き方に感心するのは、ジムのインストラクターだ。ジムに雇われているのではなく、レッスン数に応じた歩合制で、本業が別にある人が少なくない。本業は整体師、医師、看護師、歯科衛生士、教師、プログラマー、トリマーなど実に多様。フルタイムの会社員もいる。平日の昼間は本業に従事するため、レッスンは夜遅い時間か土日となる。

出たいレッスンを、どのインストラクターがどの店舗で持っているか、調べてみたことがある。すると土日は朝から3本とか人によっては5本、それも1都2県や3県と、かなり広範囲を渡り歩いていた。

盆や正月も私の行くジムは、店舗ごとに日をずらして営業するため、世の中が連休でも「休みは1日だけ」というインストラクターもいる。

息つく暇のないその生活を「よく何十年もしているな」と思う。「何十年も」とは、私が出るレッスンのインストラクターはおのずと年齢が高めなので。

同じレッスンにずっと出ていると、自分だけでなく相手も年をとったなと感じることはある。スキルは衰えず、ベテランだけあって、笑顔も絶やさないけれど、女性であればファンデーションのひび割れが深くなったり、男性ならの剃り残しの鬚（ひげ）に、白いものが交じったり。体型も、職業柄お腹こそ出ていないものの、微妙に変わっているような。

職場からジムへ店舗から店舗へ、遅れないよう常に気を張り、時間を意識するのは消耗すること。シューズやウェアの入った重くかさばる荷物を持ち歩くのも。急ぎ足で移動しながらふと「いくつまで続けられるだろう」という思いが胸をよぎることはないかと、体力低めの私は、つい想像してしまうのだ。

「思わないでもないけど」。問わず語りに言うインストラクターがいた。体力があるから続けられるのではない、続けることで体力を保てると。

50代後半。コロナ禍でジムが休業になったときは「これでしばらく体を休められる」と正直思ったそうだ。が、動き回ることを突然止めたら、かえって調子が悪くなった。再びレッスンを始めたら、1本でこんなに疲れるものかと愕然。元に戻すまでがたいへんだったという。

それはそれで想像がつく。自分も例えば、買い物から帰って食材をキッチンへ運び込み、その勢いでなら作り置きのおかずを何品も調理することができるが、いったん座ってしまうと、おっくうでもう立ち上がれない。同列に語っていいかわからないが、似ている？

私もほどほどに動き回るようにしたい。

ベストな頻度を探っていく

動き回る日々と体力維持の関係について考えていたところ、同世代の経験談やつられて思い出すことがいろいろあった。登場人物が多くなるが、紹介したい。

会合が多く、帰る時間の一定しないA氏が決めているのは、自宅近くのスポーツクラブに夜10時までに着けるならひと泳ぎする。泳ぎはストレッチになり、コリがほぐれる。外界から遮断される水の中は、神経のたかぶりをしずめてくれる。運動と心の休息を兼ねる時間。1日の最後に15分でいいからその時間を持つことで、心身の緊張をとり、翌日に残さない。

10時より遅くなると、睡眠不足の影響で体調はかえって悪くなるので、1分でも過ぎていたら、プールのある階の窓が目の前に煌々としていても、寄らずに帰るという。

学ぶことの多い話だ。めざすべきは体力の維持以上に、体調の維持。そのために自分なりのルールを設けている。

同様のルールはB氏も設けた。けれど帰り着くのが遅く、なかなか時間を確保できない。

逆に出先で時間が余ることもある。

そこでルールを微修正。自宅近くのクラブをやめて、店舗数の多いクラブに入り直す。1日の終わりと定めずに、出先を含めた1日のどこかで、運動兼休息の時間をとればいいことにした。すると体調はよくなったという。

「それでか」と私が合点したのは、ジムで会うC氏について。インスタグラムをフォローしているのだが、現れる店舗が日によってまちまちで、しかも広範囲だ。私の知らない地名のつく店舗名があり「どこですか」と訊ねたら「新横浜の駅から1本のところです」とのことだった。出たいレッスンのある店舗へは、電車で通う私も、新幹線に乗ってまではさすがに行かない。

移動にこれほど時間をかけられるのは、趣味が中心の生活へすでにシフトした人かと思っていたら、勤め人らしき服装とカバンのC氏に、あるときジムの入口でバッタリ会った。B氏のような体調維持の方法をC氏もとっているならば、あの範囲の広さもうなずける。

ただしB氏は、出先を含めることにより、時間がとれるようになりよろこんでいたが、無制限にとると、疲れが抜けぬまま蓄積していくとわかった。3日続けたら1日はおく。トータルで週4日が、体調がもっともよくベストパフォーマンスを保てると感じて、その頻度を超えないことをルールに付け加えたという。データに基づいてルールを見直しているのだ。

ジムで会う別の人、D氏は、今年初めて会ったときスマホの画面を示して言った。昨年参加したレッスンの総数は、一昨年の2割増しだったが、特に疲れなかったから「今の頻度が自分にとってベストかも」。画面には曜日別、レッスン別に色分けされた円グラフがあり、感嘆する。ジム好きはマニアックな傾向にあるのだろうか。

図表化までするかどうかはおいて、少なくとも数値化は自分の状況の把握とよりよい健康管理につながりそう。私もまめに記録しよう。

少ないと楽

本がまた増えてきた。もともと収納場所は広くない。仕事部屋の壁の1つにスライド式本棚を置き、クローゼットふうの扉を付けてある。その扉が開閉しづらい、棚もスライドできない。隙があれば詰め込んで、床にもはみ出ているありさま。整理整頓が好きで「床にモノを置かない」を信条とする私はとても居心地が悪い。

折りにふれて減らしてはきた。コロナ禍の巣ごもり中にも、ヲタク活動を終えたフィギュアスケートの専門誌を、字が小さくて読めなくなった文庫本を、そのつど段ボール箱に詰め宅配買取に送った。

代わってバードウォッチングの専門誌が、字の大きな文庫本が棚を埋める。そうした表層的な入れ替えでなく、抜本的な改革が必要では。

真に抜本的といえるのは電子書籍への移行だろうが、そこへまだ進めない私は、代わりにスライド式の棚の奥の方に蔵している本の処分を考えた。一過性に終わらず、これからも参照するであろう基礎資料。私の関心のありかたを形作る本であり、いわば血肉をなすものだが、あそこに手をつけない限り、同じことをくり返す。

本の断捨離でもそこまで深部へメスを入れるのは初めてだ。宅配買取では済まない規模になると予想し、出張買取を依頼した。

あまり前から出しておくと決意が鈍る。朝9時に買取に来る前の晩にとりかかる。痛みを覚悟で臨んだが、実際に見ると「なくてよくない？」と思えるものが結構ある。江戸の地理的変遷についての本など何冊も。1冊を充分に咀嚼（そしゃく）できていないから、似たような本を求めるのだ。俳句の入門書とか、いつまで経っても身につかない英会話のテキストとかが溜まっていくのと同じで。

日本文化を英語で紹介する本が出てきたのには笑った。道案内すらロクにできない私に、そんな機会は一生あるまい。あったとしてもスマホの翻訳アプリに託す方が、説明される側にとってよほど親切。

売る本はリビングへ持っていく。ひと山ずつ抱えて運んでは夜が明けるから、古毛布を広げた上に載せ、床を引きずっていく方法で何往復かした。

残した本が傾いているようすに「ブックエンドが要るな」。隙間というものが本棚にできた。こんなに減らしてだいじょうぶかと空恐ろしい。頭の中まですかすかになったような。本をとっておきたい心理には「何かのときすぐ調べられる」以上のものがありそうだ。

本気で調べたければ、図書館なり古書店の検索システムなり、方法はいくらでもあるのだから。

かくして人生でいちばん本の少ない本棚に。頼りなさよりスッキリした気持ちがまさる。前は行き当たりばったりに押し込んでいたので「こっちの棚にも江戸の本が?!」ととまどうことがよくあった。今はジャンル別にスッキリ分かれ、書店にあるインデックスすら貼れそうなほど。何があるかひと目でわかる、読みたいものがすぐ取り出せるって快感。収納一般の快感原則に合うばかりでなく、本というモノの特質にもかなっていそうだ。先に血肉に喩えたが、前は循環が滞り機能不全を起こしていた。

すかすかだけど新陳代謝はよくなったと信じよう。

初めての受給

年金機構から封書が来た。開けてみて「おお、これが」。年金証書だ。62歳の誕生日を前に古いメモ類を引っ張り出し、「特別支給の老齢厚生年金」の手続き用紙を書いて送ったのが、通ったらしい。

Ａ４の厚めの紙で上５分の１ほどがカラー刷り。青で麗々しく縁取った中に、お札の偽造防止を思わせる精緻な模様がある。

感慨深い。20代で納付し始めてから、年金は常に未来だった。その年まで生きられたら、納付を続けられたらなど、さまざまな仮定条件付きの未来であった。その未来が実現したことを示す具体物が証書なのだ。

国民年金と厚生年金の通知書を兼ねており、前者については空欄、後者については決定額が印字されている。４万５６５１円。月額ではなく年額か。

微々たる額との感じ方もあろう。が、１円を笑う者は１円に泣く。１文字も書かなければ１円だって入ってこないのは、転職や入院した期間につくづく知った。先々、その額を働いて得ようとしたら、どれほどたいへんになっていくことか。

証書に同封の案内状には年金を受け取ることができるようになったこと、証書は受け取る権利があることを証するものなのでたいせつに保管するように、とある。

読んで少々不安になる。社会保障は申請主義をとっているといわれる。「できる」「権利がある」は可能態であり、実現にはもうひとアクション要るのだろうか。

通知書に印字されている「支払開始年月」に従い、その月の銀行口座の入出金を確認すると、それらしい振込はない。

焦って調べ、「支払開始年月」は振込開始年月とイコールでないと知った。振込は偶数月であり、支払開始の月によっては、次かその次の月になる。リタイアした知人が、2か月に1回銀行に行くといっていたわけがわかった。

証書をファイルに収めていて、またも古いメモをみつけた。年金の予想額をグラフ化したもの。ヨコ軸に年齢。その期間に出る年金を、ヨコ長の四角で示してタテに重ねている。

公的年金に加え、民間の生命保険、いわゆる個人年金も書いてある。公的年金の受給開始が65歳になっているところを見ると、60歳からの引き上げが法律で決まった2000年に、生命保険の営業の人に話を聞きつつ作ったのだろう。私の30代最後の年。

鉛筆の線で、書いてある紙が原稿用紙というのが泣かせる。マス目を1文字ずつ埋める生き様を表すようで。マス目が方眼紙に似てグラフ作りに適していたせいもあるだろうけれど。

グラフによれば56歳から60歳の間は個人年金の11万円のみ。「衝撃の事実！」と自分の字で記してある。60歳からはもうひとつの個人年金も受け取る設定にしてあり、いつまで仕事を続けられるか、心もとなく思っていたのがわかる。

個人年金のひとつは、その後解約し別の保険に入り直したような。そして62歳の今まだ働いている。未来予測はかくも難しいのだ。

この先の未来もわからないが「1円を笑わぬ」精神を持ち粛々と進んでいこう。

聞いてみる減税

お金全般にうといい私は、税制にもあまり関心を払ってこなかった。確定申告は毎年している。収支のわかる書類を取り揃えたら、計算と申告は税理士に依頼。後は決められた分が、引き落とされるのみである。

通知書の額に「こんなに……」と息を呑むことはあるけれど、皆が同じ方式で課税されているのだし、納税は国民の義務、回り回って私たちの生活に返ってくるのだし。自分から何かする余地はないと思っていた。

ある年の初め、前年に自宅のリフォーム工事をした会社から「リフォーム減税が受けられますよ」。耐震、省エネ、バリアフリー、多世代同居のための改築が対象で、壁や床の断熱をしたわが家は省エネに当たるという。知らなかった！

欲を出した私は、バリアフリーにも当たらないかと訊ねてみる。開閉が楽な引き戸を採用、床はフラット、つまずきの元となる敷居をなくし上から吊る戸にしたのである。

残念ながらそちらは外れ。いろいろな要件があるらしい。工事証明書など必要な書類を送ってもらい、そのまま税理士へ転送した。

たとえ要件を満たしていても、申告なきところに措置はなし。いくら前からお願いしている税理士でも「最近リフォームとかしましたか」などと向こうから聞いてくれるはずはない。自分で行動を起こさねば。

とはいえ私同様にうとい人は、どんなとき行動を起こせばいいかわからないのが実情だろう。調べる努力は尊いが、次の考え方も併せ持っておくのがいいのでは。例えば車の購入とかキッチンのＩＨ化とか大きめの買い物、あるいは資産の移動といった、準ライフイベント的なものがあったら、ダメ元で聞いてみる。関係業者なり税理士なりの詳しい人に「これって何か減税措置がありますか？」と。

私は後から知ったけれど、事前にわかれば減税額を組み込んで予算を立てることもできるだろう。

自分の今後にありそうな小イベントといえば、手すりの設置、トイレや浴室の部分リフォーム。そのときは積極的に関心を寄せよう。

チャットボットで通じない

問い合わせをチャットボットで受ける企業が増えてきた。電話やメールでの問い合わせに人が対応していたのに代えて、コンピューターが適した回答を即時に、自動的に選び返信する。企業は効率化を図ることができ、利用者の方も返信までの待ち時間がなくなり、満足度が上がるとされる。が、これまで利用した経験では、返信は即時であっても、事態の解決につながらないことが多い。

先日は宅配便を待っていた。前日不在にしていて、14～16時の再配達を依頼したものが、16時を過ぎても来ない。宅配便の会社のサイトの「お問い合わせシステム」で調べると、たしかに依頼は受け付けられている。

交通事情で遅れることはあろう。取扱量が増え、ドライバーが過重労働となっているのは、つとに知られる。前日不在で二度手間をかける心苦しさもある。

届ける側の激務に比べ、家にいる側は楽とはいえる。が、今か今かと待ち続けるのは、それなりに気疲れするものだ。玄関チャイムを聞き逃さぬよう、洗濯物は大急ぎで取り込み、トイレも落ち着いて入れない。18時過ぎた。買い物にも行かねば。こちらへ向かっているなら待つし、もしも忘れているならば翌日でいいと伝えたい。不在連絡票に記載の、ドライバーの携帯へかければ、ただいま電話に出られないとのこと。サービスセンターにかけると、電話が混み合っているとして、チャットボットを案内されたのだった。

スマホの画面に、問い合わせを文字入力する欄が出る。「14〜16時に再配達を依頼した荷物が……」。みなまで書き終わらぬうちに「再配達のご依頼はこちら」とサイトを案内。依頼はもう済んでいるのだ。もっと短く聞かねばだめらしい。端的に「荷物が届きません」とすれば「お問い合わせシステムはこちら」。そこで調べて不明だから聞いている。「本日再配達の予定だった……」と書きかければ「本日の再配達の受付は終了しました」。

反応は早い。むしろ早とちりであり、会話はことごとくかみ合わず、荷物の所在はわからぬまま。

21時過ぎ、ドライバーから慌てた声で電話が入る。「申し訳ありません、トラックに積み忘れました」。そういう状況を知りたかった！ 人はミスをするものだ。チャットボットの回答には、ミスの可能性が想定されていなかった。

労働力不足やリモートワーク化で、チャットボットの導入はますます進むだろうが、会話の精度は進化の途上にありそうだ。

人手不足、ここまで

月に一度用事に行く先の近くに、常に混んでいる飲食店がある。昼の13時を回っても、通りまで人が並んでいる。

先日めずらしく列がなく、近づくと扉に貼り紙が。「人手不足のため昼の営業を停止します」。驚きつつ、昼食をとるため別の店へ足を延ばせば、そちらはなんと「人手不足のため当面の間休業します」。人手不足がじわじわと暮らしを包囲してくるのを感じた。

身近に迫るものとして強く意識したのは、普通郵便が土曜日は配達されなくなったこと。平日の配達日も繰り下げられた。徒歩20分のところへ送る封書を、木曜の15時頃郵便局へ持っていくと「火曜の配達になりますがよろしいですか」。人手不足と、働き方改革で深夜の仕分け作業を取り止めたためと説明される。否やはないが、江戸時代の飛脚より遅いのではと思った。

諸事にわたり「拡大、スピード化」の時代の空気を吸ってきた私には、少なからぬショックだ。とりわけ郵便は、全国を均一の料金で結ぶシステム。民営化されたとはいえ公的インフラに準ずるものとのイメージが、私にはある。

近代国家たる条件整備のひとつとして、明治維新後早々に整備されたと、日本史で習ったせいかもしれない。その事業の後退には、おおげさな言い方をすれば「この国のかたち」が変わるようなインパクトがあったのだ。維持できない理由に人手不足があると聞き、この国は「縮小」の局面に入ったのだと感じた。

「郵便が無理なら宅配便を利用すればいいじゃない」は「パンがなければお菓子を」の発想。宅配便もこのままでは近い将来、約3割の荷物が届けられなくなるとの試算を読んだ。私の通販への依存度は、今や生活用品にまで至る。この先は難しいのか。

物流に限らず医療、介護、警察、消防、種々の保守点検……お世話になり得る分野すべてで、人手不足は免れない。マッチングの問題もあろうけど、労働人口そのものが減少しているのだ。出産しなかった私は、減少を加速させたひとり。その私にできることは何か。ものを送ったり注文したりする際日数に余裕を持たせるとか、「まとめて配達」を選ぶ？いつも行き着く考えだが、なるべく自立して暮らす？

私の老後の支え手には間に合わないけれど、若い世代が子どもを産み育てたくなる社会にするのはぜひとも必要。例えば駅でエレベーターを使いたくても、ベビーカーの人が来たら譲るとか？　想像力の乏しさよ。

用事の帰りの電車は、数人が立っている程度だった。ベビーカーを前に置いている母親の右隣が空席だ。私が座ると「すみません」。母親がベビーカーを5センチほど左へずらす。子どもが声を発すると「すみません」。肩身が狭そうなようすである。

途中駅で私の右隣が空く。3人掛けの端の席だ。ふだんなら端へ移るが、ベビーカーを迷惑がって離れたと、母親は思うだろうか。逆に隣を空けた方が、母親は気が楽か。どちらがサポーティブなのか、迷う。

人手不足の貼り紙から、心中揺れる電車であった。

ロボットの世話になる日

知人が出先で遅い昼食のためファミレスに入ったという。実に久しぶりのこと。若き父親だった頃子どもたちを連れてきて以来か。平日の中途半端な時間帯で、客は他にワイシャツ姿の男性がひとり。

注文がテーブル上のタッチパネルからとなっているのは予想の内。他の外食チェーンで経験していたので、まずまずスムーズに注文できた。照焼チキンのランチセットだ。

ほどなく通路を大きめの空気清浄機のようなものが進んでくる。空港ロビーを走行している掃除ロボットをほうふつさせる。ワイシャツの男性のテーブル脇で停止して「料理をお取り下さい」の音声が。背面は棚であり、配膳ロボットだとわかった。ファミレスはこうなっていたのかと、知人は目を見張ったという。

それはそのまま私の反応だ。タッチパネルの注文で驚いている段階ではなかった。知人に聞いて調べると、大手チェーンでは2年前から導入を始め、7割の店舗にすでに設置したという。ロボットが料理を運びしゃべるのが、ファミレスユーザーの子どもたちにはめずらしくない光景となっているのか。

知人や私の子ども時代にあたる１９６０年代の未来予想図を思い出す。学習まんがによくある題材だ。ロボットが家事をし、テレビ電話のようなもので授業を受け、夏休みには家族で月旅行とか。

時が流れ40歳で２００１年を迎えたときは「これがあの、ＳＦ世界のように思っていた21世紀？」。車は空を飛んでいないし、月に行った話も周りで聞かない。拍子抜けし安堵もした。

それがロボットとリモート化に関しては、ここへ来ていっきに進んだ印象だ。原動力に人手不足とコロナ禍があるのは言うまでもない。

近未来に私が世話になりそうなのは介護ロボットだ。介護の支え手不足はつとに報じられる。ニュースで見た介護ロボットは、車椅子からベッドや浴槽へ軽々と抱え上げ移していた。

相手が人だと、重くて申し訳ない気持ちになりそうで、場面によっては恥ずかしさも感じそうだが、対ロボットならそれはない。介護の質も一定だと期待できる。介護した側の経験では、その日の体調や心理状態が影響することはどうしてもあるのだ。ロボットでは誤作動のないのを祈るのみ。

知人に配膳ロボットが運んできたランチセットには、なぜかライスが付いていなかったそうだ。おかずの皿、スープカップと順に棚から取って絶句する。「スープがあってパンもライスもないのは変じゃない？　ふつう」と言いたいが「ふつう」が通じないのがロボットか。そういえばタッチパネルに大盛か否かの選択があったような。セット↓ライスの選択だけでは不充分で、ライスの量まで指定し初めてセットになるのだったか。そう考え、おかずとスープのみで黙々と昼食をとったという。

いや、そこは遠慮せずに訊ねていいところではと思う私。注文はできていて、ロボットに載せ忘れた人のミスかもしれないし。

ロボットとの接し方は模索中である。

ラーメン店抒情

タッチパネルを使う飲食店へ行ってみることが増えている。今回はラーメンのチェーン店だ。海外のスポーツ選手が来日の際よく絶賛している。調べると家の近くにもあるらしい。

地図を頼りに偵察へ。自動ドアのガラス越しに覗くと、黒のTシャツの制服がいわゆる男のラーメンぽいが、モノトーンの店内はすっきりしていて、私でも入れそう。若い頃は大人の店が冒険だったが、今は若い人の店が冒険だ。

空いていそうな平日の午後遅くに入る。私以外は高校生のグループがひと組み。カウンターの他に、向かい合って座れるソファ席もあるのだった。

メニューをホームページで調べてきたが、いざ券売機を前にするとまごつく。自動ドアの外に人影が。「先にお願いします。初めてで時間がかかりそうです」。訳を言って代わってもらうと、女性スタッフがメニューブックを持って来て、選ぶべき項目など丁寧に教えてくれた。

一度体験すれば満足のつもりだったが、二度目の機会が。自転車店へ点検に出しにいくと30分ほどで済むという。件(くだん)のラーメン店へ行って帰ってくるのにちょうどいい。休日で店の外まで列ができていた。

並んでみると、列は案外早く進む。男性スタッフがドア口にいて、店の内外へ目配りしながらコントロールしている。外の人にメニューブックを渡し、タイミングを見て招じ入れる。客は食券をまず買って、中で立っていると、ほどなく席へ案内される。列で私の前にいたのは、子どもを2人連れた父親。席が分かれてもいいか、カウンターの椅子が高めだがだいじょうぶかと聞かれていて、混んでいてもこまやかな対応だ。

私が高めの椅子によじ登りつつ、食券を早く出さねばと身をくねらせていると「ゆっくりでいいですからね」とスタッフ。バスで降り口へと焦っているおばあさんのように、優しくいたわられてしまった。彼との年齢差を思えば、そのように見えるかも。

食べ終わる頃カウンターのはしの方から、シニア男性の声が聞こえてきた。中で待っていた際に自動ドアが当たったことについて、女性スタッフに話している。次いで男性スタッフが呼ばれた。謝れと言っているのではない、案内が不適切だから改めるよう言っているのだ、と客。「自動ドアにはお客様ご自身で注意していただいています」との説明に「君たちはすべきことをしていない。事故が起きてからでは遅い」と。

当たった現場を見ていない私は、客の言うことの当否はわからない。私にわかることがあるとしたら……考えながら席を立つと、先ほどの女性スタッフが通りかかるところだった。

「私は適切に、親切に案内していただきました」。親切に、で喉が詰まって動揺する。え、ここ、声を潤（うる）ませるところ？　親の葬式でもデンと構えていた私が、ラーメン店でなんでこんなに気持ちが入っているの？

店を出て深呼吸。涙もろいおばあさんと、店の人に印象づけてしまったかも。自分でも驚きだ。思わぬ喜怒哀楽が新鮮。ほとぼりのさめた頃また行きたい。

まだまだ戦力

夕食の機を逸したまま夜遅く戻ってきた。スーパーも閉まった駅前に、とんかつチェーン店の灯り。かつて同じ状況のとき、あそこでアジフライ定食をとったのだった。空腹が私の足をそちらへ向かわせる。

タッチパネルで食券を買うことを初めて体験した店でもある。あのときの緊張がよみがえり、息を整え列の後ろに。４人が順々に操作する画面を注視し、おかげで無事、購入できた。

改めて店内を見渡せば、前のときとようすが違う。かつては中央にカウンター席が向かい合わせ、間の通路をスタッフが行き来し、食券を受け取ったり配膳したりしていた。それがなくなり、壁には食券番号を表示するパネル。セルフサービス式に変わったのだ。

危なかった。少し前に転倒し手首を傷めた私。ペットボトルの開け閉めにも難儀していた頃なら、トレイを支えきれなかったかも。

パネルの右半分は出来上がった番号、左半分は調理中。店内の客数より多いのは、テイクアウトの注文も含むのだろう。番号の上には小さな字で待ち時間が出ている。私は15分と、結構長い。新方式では、食券を買うと自動的に注文が通って、待ち時間は短縮されるはずではあるが、調理のキャパを注文数が上回るものと思われる。

「××番でお待ちのお客様、カウンターへお越し下さい」。機械の音声。次いで「お待たせしました」。若く張りのある女性の声。カウンターでトレイ出しをしているスタッフだ。マスクで表情は見えないが、笑顔を想像させる美声が耳に心地よい。接客の少なくなった店内で、適材適所だ。

待つ間に調べれば、20日間ほどの工事休業を経て、リニューアルオープンしたとのこと。前に来たときもまだ充分新しく、改装はもったいない気がするけれど、費用を効果が上回ると踏んだのだろう。

月1回の通院の際通りかかる飲食店は「人手不足のため休業します」との貼り紙が出て1年が経つ。昼どきは常に人が並ぶ繁盛店だった。人手が得られれば、この間の賃料を取り戻せるという算段か。変色した貼り紙を目にするたび案じられる。人手はいまや貴重品、人に運んでもらうことは贅沢。そのうち「配膳　60円」といったオプションが、サイドメニューのお新香やポテトサラダなどと並び、タッチパネルに登場するのか。少し前の私のように取りにいけない人用に。

別の日久しぶりにそば店へ。そこはいまなおスタッフが配膳する方式だ。白襟、白エプロンに青のワンピースという昔ながらの制服で。

「お待たせしました」。聞き覚えのある声に驚く。この女性、もう20年以上いない？　背かっこうや顎を前に出す立ち方の癖にも見覚えが。マスクで口元は隠れているものの、目元のしわやファンデーションのひび割れは、私の推測を裏付ける。肌年齢と、小公女をほうふつさせる白襟との対比の際立ちも。ずっと働き続けているのか、あるいは呼び戻されたか。

私より年上の人が飲食店の戦力となっていることに感じ入り、自分も何らかの形で人手不足社会の役に立たねばと思うのだった。

現役でいたいから

使い慣れたパソコンからなかなか買い替えられずにいる私。プリンターの方が危うくなってきた。私のパソコンに対応できるプリンターはたぶんもう販売されていないと、家電店で言われている。

先日も胆を冷やす事態があった。請求書を作成し印刷へ進もうとすると「プリンターがインストールされていません」の表示。なぜ？　ついさっきも印刷したばかり。プリンターの電源は先ほどと変わらず点いている。突然対応しなくなることってある？

よりによってインボイス制度が始まったタイミング。請求書をプリント、スキャンすることが前より多くなっている。確定申告のため、大量の資料をコピーし税理士さんへ送る時期も、間もなくだ。むろん主たる業務の執筆でも、リライトのためいったんプリントすることが日々ある。

「今のプリンターが壊れたら廃業もの」と人に話していたけれど、現実問題、そうもいかない。なんとかせねば。

とりあえずこの今私にとれる方法は？　パソコンサポートに加入し、インストールを試みてもらう。それでダメなら家電店へ行き、対応できるプリンターが本当にないかを探してもらう。ああ、でも業務に何日支障が出ることか。

いや、待て。思い直してプリンターの後ろへ回り、パソコンとつなぐケーブルを何回もはめ直したら、表示が消えた。接続部がゆるんでいたのか。冷静になってみれば、最初に考えつくはずのことだった。

私って本当にアンバランス。別の種類のことならば、年の功なり経験知なりで、慌てず騒がず事態に臨めるだろうに、デジタル機器となるとこの焦りよう。私の弱点である。慣れた世代が息をするように扱えるものを、何がどうなっているのかわからず、悲観的な発想をしてしまう。

動悸の速さにも驚いた。こんなことで小パニックになっていては身が持たない。しっかりせねば！

ワープロ専用機を使っていた頃、パソコンの普及と入れ替わりに生産を終了するとの報に、家電店の在庫3台を買い上げ「これが壊れたら廃業だ」と言った同業者がいたけれど、あの人はどうしているだろう。

放心して、緩慢なプリンターの音を聞いていると、スマホがショートメールの受信を知らせる。いつもはメールで連絡してくる人。先ほどパソコンにメールを送ったが、届いたかどうか聞いている。確認し届いたと返信すると、再返信がある。「念のためのお尋ねでお騒がせしました」。

70代でフリーとして、元の職場の仕事を請け負い働いている。職場のメールソフトが急に変わって、自宅のパソコンに送ると添付ファイルがないなどの事態が起きているそうだ。不慣れなソフトに苦労しているようすがうかがわれる。

4年前に亡くなった文筆家、吉沢久子さんは、90代半ばまで週1回の連載を続けていた。原稿は紙に書いて。デジタル環境に適合した方法に更新していなくても、求められる人材なら現役を続けられる。その域にない者としては、苦闘しながらついていくのみだ。

意外にめげる困り事

知人が昼間寝室で着替えていると、天井の照明がふっと消えた。光量が落ちていたとか点滅が始まっていたとかの前兆はなく、突然に。

胸騒ぎをおぼえつつ、とり急ぎ店へ赴き、替えの電球を買ってくる。知人はひとり暮らし。骨密度の低下を指摘されている70代女性としては、危険を冒して椅子に乗り、シーリングライトのカバーを外して、やっとのことではめ込んだ。

固唾（かたず）を呑んでスイッチを入れるも、果たして点かず、項垂（うなだ）れる。今の家に10数年住んで、初めての事態である。電球を替えてダメなら、どこをどうすればいいのか、見当もつかない。

思い悩んだ末、甥（おい）に電話。30代の彼は昔から器用で、この家に引っ越してきたときもパソコンの配線を請け負ってくれた。

幸い正月休みで家にいたそうで、すぐ行くと。ひと目で「あー、これはライトそのものを替えないと」。知人が電球を買った店へ共に出向いて、適合する商品をさっさと選ぶ。

交換を見守る知人には「天井にあんなふうに付いているのか、あそこを回して外すのか」と、わが家ながら知らないことだらけであった。

夕方前に終了し、お礼にご馳走しようとすると「あー、友だちと約束しているんで」。都内でも往復2時間半の距離。慌ててお金を包んで渡した。

無事解決したものの、知人の心は晴れなかったという。「ライトが切れたくらいで、こんなにめげるものかと驚いた」。常夜灯すら点けられず、真っ暗な中で眠るのか。廊下を点けっぱなしにすれば真の闇は避けられるものの、寝る前のひとときベッドで本を読む楽しみを、自分はもうあきらめなければならぬのかと、気持ちまで暗くなってしまったそうである。

70代のひとり暮らしで、困り事にはそれなりに対処できているつもり。例えば持病の狭心症には、いざというときの舌下錠を枕元に置くなどして。照明のトラブルは、それとはまったく別の種類のことに感じた。

「めげる下地はあったかも」と知人。トイレの便座の温水の出が少し前から悪かった。反応が遅かったり、途切れたりする。ノズルを掃除しても改善せず「買い替えか、それとも修理？　修理にしてもどこへ頼めば？」。年末でどこも忙しいだろうしと、放置していた。そこへライトだ。

「生活ってそういうことですよね」と深く共感する私。生き死にと関わるわけではないけれど、日常の質に直結するできごとが次々と起き、つっかえながら進んでいく他ない。

「対処するシステムを構築しないといけないですね」。

知人も同じことを考えたという。めげた理由のひとつは、結局甥を頼ったふがいなさだ。後付でアルバイトの体（てい）を整えたものの、血縁にすがるのは、彼女の本意ではなかった。たまたま家にいたからとか親切な甥だからといった、運や属人的要素に左右されないシステムの方が、安定する。

「ビジネスとして必ずありますよ」。高齢者も独居もこれだけ多いのだから、一大マーケットのはず。知人を励まし、自分のためにも探そうと思うのだった。

ひとりではどうにもならない

詐欺メールが日に何件も来る。ショッピングサイト、カード会社、銀行、官公庁。リンク先へ誘導し個人情報を盗もうとしているのがバレバレで、迷惑メールへ迷わず入れる。ある1件で手を止める。メールサーバーとしている会社からだ。メールボックスがいっぱいで受信できない、今すぐ空き容量を増やすようにと。自分で行ってごみ箱に移さないといけないのか。ことは通信、放っておけないとクリックしかけて、ちょっと待て。リンクは危険。当該会社のホームページから入ろう。

ログインID、ログインパスワード（以下PW）、メールID、メールPWと何種類も求められ、どれがどれやら。下手に操作し続け変なことになるより、リンクで行くのが安全かもと、メールに戻ってクリックすると、画面に真っ赤な警告が出た。「偽のサイトへアクセスしようとしています！」。

メールボックス云々（うんぬん）は嘘だった。掃除に行かなくていいのである。それで落着したはずが。

夜、メール画面を開くと真っ白だ。枠だけあって、受信メール、送信済メールのいっさいが消えている。送受信を試みてもエラー表示に。なぜ⁉

幸いその日は土曜だが、月曜にはオンライン会議があり、必要なメールが送られてくる。他にもやりとりする書類が多々。なんとしてもそれまでに解決せねば。

明日の朝を待ってパソコンサポートに依頼しよう。プロの手にかかれば解決するはず。信じようともなかなか寝つけず、睡眠を促す漢方薬の助けを借りた。

翌朝、コールセンターにまずかけ、担当者からの電話を待つ。その間の焦燥感と不便はご想像のとおり。着信を逃さぬよう、トイレにもスマホを持ち込み、掃除洗濯など音の出る家事は控える。食欲はまったくわかずに、飲まず食わず。

数時間後遠隔サポートにこぎ着けて、安堵したのも束の間。ホームページに行き、私が知らせたＩＤとＰＷをいろいろ入れてみたけど未解決で、メールサーバーの会社に直接問い合わせてほしいという。

血の気が引いた。電話相手が目の前にいたらガバとひれ伏し取りすがっただろう。「置いていかないで、お願い、ひとりにしないで」と。問い合わせようにも、どこに電話し何と話せばいいかわからない。サポートを仰ぐには何が問題かを言えなくてはいけないのだ。教わった番号にかけ、教わったとおりの文言を言う。

メールサーバーの会社が調べて言うに、メールPWを変更した形跡があると。詐欺メールと初めてつながった。メールに動揺して操作したとき「変なこと」をやはりしてしまったのだ。

メールPWに関しては本人しか知り得ないと聞き、さらに大きく血の気が引いた。わからない。賭けのつもりで、他のサイトのPWを入れたら合った……。

解決はしたものの、影響は大。その日1日食欲は戻らず、不安と緊張から来る筋肉痛が翌日も残った。メールに惑わされさえしなければ、平穏かつ充実したはずの1日が。警戒レベルをもっと上げなければと思うのだった。

施設入居のタイミング

早めに用意する傾向のある私。老後の住まいも気になっている。自宅近くに心ひかれるところがひとつある。散歩で通る途中にあって、建物の落ち着いた感じが私好み。日当たりのいい庭木が花をつけ小鳥がしじゅう出入りする。コミュニティバスが目の前に停まるのも出かけやすくていい。

けれども私が入るとしたら、今の元気さからして20年近く後。その頃は老朽化しよう。ひょいひょいと出かける体の状態ではないだろうから、バス停は利点にならないか。あまり早く目標を定めすぎても、だいじなことを見落としそう。

パンフレットをもらってみて、認知症になったら系列の別の施設へ移らないといけないと知る。花や鳥どころではない重要ポイントだ。求めるのは終の棲家だ。体の状態が変わっても、同じ屋根の下での引っ越しですむようであってほしい。介護が必要になる前のちょっとした体調不良には、常駐の看護師や訪問診療の医師が対応。入院での処置が必要なら、提携の病院へ速やかに送り、退院後はリハビリ。介護やターミナルケア、看取りまで。

ワンストップでかなえられるのが理想である。

理想の住まいを見つけ、早々と用意を整えた人がいると聞いた。前々から当たりをつけておいた施設は65歳から入居可なので、誕生日を待って契約。まだ元気なので、完全には移り住まず自宅を残しながらである。海を望む風光明媚なロケーション。冬は暖かく、夏は潮流の関係で割と涼しい。避寒、避暑に泊まりに来るほか、台風の接近が予想されるときはあらかじめ避難。コロナ禍では、日常生活が何かと不便で感染も不安な中、施設の方に巣ごもりし、たいへん助かったという。

理想である。元気なうちからセカンドハウス、シェルターとして利用する。けれど自宅と別にひと部屋持つのは、資力の要ること。リゾートマンションなど保有している人なら、売却し持ち替えてもいいだろう。私はそうでないため、できるだけ家で頑張り、いよいよとなったら行動を起こすか。

「その考えはリスキー」。人に指摘された。その人の周りに似た考えの人がいたそうだ。私同様用意のいい面はあり、早々とあたりをつけて施設見学。体験入居までして「将来はここ」と決めていた。ところが突然倒れ、回復後もまひが残って「要介護1」に。意中の施設は「入居時自立」が条件のため、泣く泣く方針転換したという。タイミングの見極めはかくも難しい。

入居には、出る方の家の処分、モノの処分が伴う。私は50代の半ばで、自宅改築と仮住まいへの引っ越しをしたが、5歳くらい老けたと感じるほど消耗した。体力はむろん、種々の業者との交渉、調整力。諸費用が適正かをチェックして、総額として千万円単位のお金を動かす判断力。80代かいつか、いよいよとなったときの自分にできるのか。自宅売却でだまされるか、いいように買い叩かれないか。人生の最後の方でそんな危ない賭けのようなことをするなんて。

嘆いても始まらない。さまざまな事例に耳を傾け、入りどきを探っていこう。

自分でできた

リビングの床のコーティングが部分的に剝げてきた。ソファの前を中心にツヤが失われ、細かな傷がたくさんある。

7年前自宅を改装してすぐ業者に依頼し施した。ワックスがけ不要をうたう木の床にしたが、いざ住みはじめると汚れがつきやすい気がして、やはり保護した方がいいなと。ツヤツヤの樹脂膜で被われた床を前に「自分でするのはたいへんそうですね」と嘆息すると「簡単に補修できますよ」。気のいい業者はフローリングの長方形のひとマスを例に実演して見せる。

新聞紙を、マスを囲う形に敷き紙テープで留める。その上でまず専用の洗剤を水に溶いて拭き、汚れを落とす。いよいよ塗布。刷毛はなくていい。手拭い（てぬぐい）をマスの幅に折りたたんで代用する。タオルより和手拭いが、表面が平らでムラなく仕上がる。コート液は使う分だけ食品トレイなどに注ぎ入れ、手拭いの折り目を浸し、マス内をゆっくりと縦に這わせる。継ぎ目をはみ出さず、均一に塗れて「簡単でしょう」。コート液と専用洗剤のボトルを置いていった。

やり方は理解した。簡単そうに、そのときは思った。でもあれはプロだからこそ。シロウトが変にしては、塗ったところと塗らないところとの差が歴然で、かえって見苦しくならないか。下手に補修を試みるより、10年後くらいに全体のコーティングを再度依頼しよう。

7年もすれば摩耗は進む。光の加減によってはかなり目立つ。コロナ禍の3年間は客が来なかったからいいようなものの、来ることになったら、メンテナンスを怠っているのが丸わかりで気後れしそう。下手にして見苦しくなるのをおそれているが、すでに充分見苦しいのだ。

一念発起。ソファとセンターテーブルを動かし、2本のボトルを出してくる。コート液は7年もすれば固形化しているのではと思ったが、運ぶ間も水音めいたものがボトル内でしていて、まだ使えそうだ。各ボトルの説明を読む。

洗剤は1対100に稀釈せよとある。計量の面倒さに加え、拭いた後さらに水拭きしないといけないとわかり挫折した。2度拭き要らずのフローリング用ウェットティッシュでいいことにする。

新聞紙で囲うのも省略。手拭いにコート液をあまりたっぷりつけず薄塗りすれば、はみ出ずにすみそう。それ以前に和手拭いなるものがわが家にないとわかって、タオルでいいことにする。

代用や省略の多い割には、意外とすいすい塗れる。はみ出たら隣のマスも塗ってしまえばいいわけで。範囲は拡大していくが、塗ったところを踏みさえしなければいいわけで。ツヤは戻り、傷は埋まらずとも目立たなくなった。予想外の成功だ。部分的な補修より全体を塗る方が楽かも。継ぎ目を気にせず端から端までのびのび塗れる。次はそうしよう。踏まずにリビングを出られるよう、動線をあらかじめ考えて。

シニアの身には何かと負担な住まいメンテナンスだが、コーティングに関しては自分でやる気になれたのだった。

始めてみる終活

60代前半の今は、終活はゆくゆくしようと思っている段階だ。親はすでに送り、子も経営する会社もない私は、たぶんシンプル。ＳＮＳはしておらず、ネットで検索すれば何かと出てくるにしても「恥のかき捨て」ということで。

認知症になったときのため、成年後見人は依頼するつもり。ただしあまり早く定めてしまうと、その後に新たな制度が設けられるかもしれず、遅すぎてもそのときの自分に選任する力がないかもしれず、タイミングを探っていかないと。

すでに着手したのはエンディングノートに類するもの。預金、年金や生命保険の加入状況、不動産、ローン、葬儀や墓に関する簡単な希望、および家族への感謝の言葉を記して、マシに撮れていると思う顔写真を添えた。ただノートのあることを家族にまだ伝えていない。私の家族は兄と姉で、自分たちより若い私がもうそんな準備をしていると知ると、ショックを受けそうで。いつ伝えるか、これまたタイミングをはからねば。

実行の仕方は不完全ながら、書いたことの自分への効果は大だった。気がかりが半分なくなった。昔、入院したときは「もしものことがあったら、生命保険がどうなっているかなど、誰にもわからない」と焦りつつも、書けなかった。わかるようにしておくと本当に帰らぬ人になりそうで。ようやく着手できたのは10年後、「もしものとき」がそうすぐに来そうにないと思えてからだ。その伝で行くと終活も、差し迫った必要を感じないときが始めどきといえるかも。

あくまで「始め」。ローンひとつとっても情報は変わっていくので、ときどきの更新が必要だ。

着手して進行中なのはモノ減らしである。コロナ禍の巣ごもりをきっかけにかなり処分した。でもこれも不完全。心が弱い私は、身辺があまりスッキリしてしまうと頼りない気持ちになりそうで、モノと執着を残してある状況だ。

「これは定期的な棚卸(たなおろ)し。店じまいではない」。そう自分に言い聞かせ、進めていこう。

墓じまいに思う

「墓じまいをやめるかも」。知人が言った。墓じまいの情報交換をひと頃よくしていた人。墓をやめるではなく、墓じまいをやめるとは？

自分の墓はもう決めてあった。亡き夫とよく花見に行った山に樹木葬の霊園があると知り、夫は希望してすでにそこへ。自分も申し込むつもりでいる。気がかりは親の墓だ。実家近くの寺にあり、継承者はない。知人が毎年管理料を納めているが、それもできなくなる日が来る。管理料の支払いが途絶えた墓は無縁墓になってしまうと、何かで読んだ。今のうちに墓じまいし自分と同じ霊園へ移した方がいいのでは。そのあたりまでは、コロナ禍前に聞いていた。

知人の語るに、もっとも気が重いのはお寺へ話すこと。事の性質からして対面で意思を伝えるべきと思うが、温顔で迎えられすすめられるお茶を前に切り出す瞬間を想像するだけで、胃が痛くなる。「離檀料」なる言葉のものものしさもさることながら、示された額が資力を超えるとき、値切れるものかどうか。墓じまいの代行業者もあるそうだが、知人が資料請求した限りでは、お寺との交渉は自分でしないといけないらしい。コロナ禍で他県への移動が控えられるのを言い訳に先延ばししてきた。

このほどようやく墓を訪ねた。お寺に話す心の準備はできておらず、まずは親への無沙汰の詫びと墓掃除だ。桜で知られる寺である。花どきは遠くからも空が薄桃色に見えるほどだが、今はまだ枝のみだった。

久しぶりに足を踏み入れた境内はだいぶようすが変わっていた。江戸時代の墓がなくなって、一角がきれいに均され分譲されている。新しい土台の並ぶ中、桜の古木は残っていた。晴れた日で知人の目には、陽光とともに花びらの降り注ぐさまが浮かんだ。

そのときに思ったという。親の墓のある一角もいずれ更地（さらち）になる。江戸時代の人の眠る一角より100年先かどうかの違いくらいで。ならば何もせっぱ詰まって掘り出さなくていいのでは。石まで動かし、自分にもたぶんお寺の人にも心の苦しむことをして。夫との花見山が自分たちに慕わしい場所のように、両親にはここが安息の地かもしれないのだ。無縁墓というと哀れなもののようで焦っていたが、他人と合葬になるそうで、考えてみれば、それは自分の樹木葬のところへ連れてきても同じこと。

心境の変化は、エネルギーが失せてきたためもある。コロナ禍の間に自分も3年分老いた。無理に事を構えずに、生きている間は管理料を払って、その先は時の流れに任せたい。

更地にするにもお金がかかるが、親の祭儀の際まとまった額の永代供養料を納めており、それと分譲代でまかなわれるなら。

知人の心境は理解できる。私も無縁墓に悲惨な印象はない。更地にするのに公金が投入されるなら放棄はできないにしても、ほとんどの墓がいずれは弔う人が絶え、無縁墓となろう。逆にいえば身内に限らず、この世に生ける者、この世の現象、すべてが「有縁」であるわけで。

人生後半、墓にもの思う年ごろである。

保険の長いお付き合い

「死亡保険金は葬式代くらいでよく、病気と長生きに備えたいと思います。適した商品はありますか」。ワープロで作成した文書を、近くにある生命保険会社の支店へいっせいに送付したのが30歳のとき。個人にパソコンが普及する前の、主に紙媒体で情報を得ていた頃である。

パンフレットを持ってきてくれたうちの1社と契約。商品を比較できるほどの知識が実はない私は「あんまりグイグイ営業しなくて安心」という外交員さんの印象で決めたところが、多分にある。複数の保険に加入し、国民年金基金への加入も、その人を通じて行った。

以来30余年、いろいろあった。家を購入して住所を書き換え、死亡保険金の受取人としていた親が亡くなり、それも書き換えた。病気に備えたものではあるが、40歳というまさかの早さで入院、手術。給付金が支払われる。預金で備える方法もあっただろうけど、収入が枯渇する中泣く泣く引き下ろすのと、砂漠を潤す雨のように振り込まれるのとでは、気持ちの上で相当違う。

保険会社の方にもいろいろあった。金融の自由化、商品の多様化、競争の激化。他社の保険に買い替えて、外交員さんにどうも気が差し、余裕のあるとき新たな商品を購入したことも。そしてまさかの社名変更まで。

年1回の契約確認のため外交員さんが先日来て、タブレットを操作する姿にしみじみとした。このかたとも長いお付き合い。ともに紙、ボールペン、ゴム印で事務をしていた世代で。タブレットに変わった当初は、失礼ながらおぼつかない手つきであった。

聞けば70歳を過ぎたとのこと。「まさかこんなに長く働くとは思ってもみませんでした」。本当に私も同じだ。お互いにドラマチックな人生では、たぶんないけれど、振り返ると大なり小なりの「まさか」に満ちていた。考えてみると不思議なご縁だ。30余年間の私の節目のできごとを、すべてご存じなのだから。

お互い元気で働き続けていこうと、心のうちで応援を送るのだった。

今日行くところ

出かけていって顔を合わせて行う仕事が、前よりかなり少なくなった。コロナ禍以降の非対面化の進展によるところが大きそう。今の私に仕事はあるが、職場というものはない。通う回数ではスーパーとジムの方が多いくらい。ジムは日によって行く店舗が異なるため、常連さんからすると私は「ときどき来る人」だ。

そのジムのレッスンで立ち位置の1つが空いている。80近いとおぼしき男性がいつも立っていたような。筋トレをしそうな短パンでダンスをするから覚えている。

先生が問いかけるような表情で指すと「他のレッスンでもお見かけしないのよ」「2週続けて休みは心配ね」と周囲の人が口々に。名前も知らない人だけど常にいたので、私も気になる。時節柄インフルエンザか。頑健そうな人だけどご高齢ではあるから、こじらせて？

ひと月ほどして出てきたときは、寄ってくる人ごとに「いや、ヒラメ筋を傷めて」と説明していた。

「きょうよう、きょういく」といわれるのはこれだなと思った。「今日の用事、今日行くところ」が高齢者にはだいじと、シルバー人材センターの人も語っていた。行けばたいがいいる人がしばらく顔を見せなければ「どうしたのだろう」となるのは、親しさのいかんを問わぬ自然な関心の持ち方だ。シルバー人材センターのように連絡先を把握していれば訪問し、怪我や病気で動けなくなっているのを発見するなど、その先の重大な事態を防ぎ得る。

ジム通いは、シルバー人材センターほどの社会参加といえる「用事」ではなく、そこまで実質的なセーフティーネットの機能も果たさないだろうけど、「お互い、気にし合う」程度のゆるやかなコミュニティーに属しているのといないのとでは、気持ちの上で違いがありそう。

別の店舗の昼間のレッスンに久しぶりに行ったら、前に何度かごいっしょした70代女性が近づいてきた。「あなた、私の病気のこと、皆さんからお聞き及びでしょ！」「いえ、存じませんでした！」。ダンスの始まる前で景気づけの曲がすでにかかっているため、声を張るのである。

スタジオへの入場前、先頭に並んでいる姿を後ろの方から見て、痩せたとは感じていた。ご本人によると、手術して数か月休んだ、体重がいっとき33キロまで落ちた。レッスンに復帰した今も、体には治療機器が埋め込んであり、告げられた余命は計算上、来月で尽きるという。「するとダンスがますますだいじなものになりますね！」「そうなのよ‼」深々とうなずいたところでレッスンが始まり、最前列中央の立ち位置へ戻っていった。

内心圧倒されている。そのかたも私と同じく電車で来る人。揺られながら移動し、いちばん乗りして立って待っているだけでたいへんなこと。しかもただ来るのではなく、おしゃれなのだ。ウェアの中の黄色に合わせ、黄色のバンダナを頭に巻くなどコーディネイトして。レッスン中それとなく見ていると、動きはさすがにおぼつかないが、終始笑顔だ。「今日行くところ」があるってホントだいじ。その思いを新たにした。

することを持つ

仕事でお世話になり定年退職した人から、久しぶりにメールが来た。しばらくゆっくり過ごした後、神社へ短時間の勤務に通いはじめたそうだ。ワイシャツの上に、神社の名入りの法被(はっぴ)を着けて、おみくじの販売や御朱印帳の記帳をする。

御朱印はファンが多いし、この頃は外国人観光客も戻ってきて忙しい。筆で字を書いているとめずらしがり、おみくじの結び方を教えるとよろこび、何かと面白い反応を示す。家でも習字の練習をしたり、英会話の本を引っ張り出したり、なかなか張り合いがあるという。

「背広から法被に変わったのか」。会議で同席していた頃を思い出し、今の姿を想像する。気のいい人だから似合いそうだし、むしろ何もしていないところの方が想像できない。

「することのない日々」は私のこれまでの人生にも、短期間だが何回かあった。仕事を辞めて、転職するまでの間。仕事には就いたものの、目標を持てずにいたとき。新型コロナウイルスに関する最初の緊急事態宣言で、予定が次々中止されたときも、それと似ていた。

あの期間の頼りなさ、落ち着かなさを、なんと表現したらいいか。少しはゆっくりすればいいのに、身の置きどころがないような。よく漫画で時の経過を表すのに、日めくりカレンダーが1枚1枚風に吹きさらわれていくようすを描いてあるが、心象風景はまさにあの感じ。生きている1日1日がただ、虚空に吸い込まれていくようだった。

ありがちながら、突然、資格試験の勉強を始めたり、ボランティア講座に参加したり、本になるあてのないものを書き出したり。中途半端に終わったものがほとんどで、たぶんに行き当たりばったりだ。

私はもともと巣ごもり体質で「スケジュール帳が予定で埋まっていないと不安」ということはなく、逆である。けれど目標がないのは不安。その意味で目標依存の気があるかもしれない。

今はたまたま「することのある日々」を送っているが、なくなったらまた何らかの目標を探すだろう。それがもし収入を得る方法にもなれば、幸いである。

不安で未来を塗り込めない

50歳になった頃、仰向けに寝ていてふと目覚めると、どんよりと重たいものが胸の上に広がることがときどきあった。女性の平均寿命からして人生の折り返し地点は過ぎている。これから先は、できていたことができなくなっていくばかり。ひとりで生活するのが困難になったら、介護は、そのときの家やお金は？　老いへの不安がふくらんでくるのだった。

30代、40代と老いへの階段を順々に下りてきたなら、まだわかる。皺が刻まれ、疲れやすく今日する方がいいことも明日へ延ばすようになるなど、見た目の変化や体力、気力の減退が徐々に進んできたならば。けれど私は40歳で、大きく足を踏み外すような落ち方をしている。病気をして、5年生存率などという数字がにわかに自分のこととなり、再発進行の不安で頭がいっぱい。老いについては不安どころか「私の人生に老後があれば恩の字」であった。

その私が、幸いにも生き延びて50になったら、老いへの不安を感じはじめたのだから、この不安がいかに根深いものであるかがわかる。

あれからまた年を重ねて60代。老いがさらに迫ってきたわけで、いよいよどんよりしているかといえば、逆である。不安はもちろんあるけれど、50のときよりずっと軽い。

そうすると「不安をどうやって手放したのか」と問いが返ってきそうだ。この問いの立て方は、残念ながら実情と合わない。後半の問いは、前半で問うていることの答えを導かないのである。なぜなら、不安を手放すには、具体的には、何かをなくすとかやめるとかではなく「始める」「する」が有効だからだ。

例えば不安を手放す工夫として「一般論で考えるのをやめる」ことを挙げたとしよう。一般論で有名なものは「老後には2千万円要る」説だ。それをただ考えないようにするのは難しい。外食や買い物のときも、こんなことをしていてだいじょうぶなのかと気になって、楽しむどころかどんよりとしてしまうだろう。

一般論で考えるのを「やめる」には、代わりに今日からでも「始める」ことのできる具体的な何かが要る。2千万円説の例でいえば、自分はほんとうはいくら準備したらいいのかを知る。それには自分が月々いくらくらいの暮らしをしているかを、まずつかむ。私は家計簿アプリをインストールし、銀行口座とクレジットカードを連携した。月々X円とわかったら、次はいくつまで働くか、いくつまで生きるかを仮定する。平均寿命からざっくり65を引きY年。Y年×12か月×X円が、一般論ではない私の数字となる。算出し「えっ、そんなに貯まりっこない！」と驚いたら、生活をダウンサイジング。それでも無理そうなら社会にある制度なり相談先なりを調べる。

そのようにアクションを起こしていくのである。

お金もだけど介護も、私は不安だ。それに対してもまず、介護が必要になるとはどういうことかを想像する。家事は支援を依頼できるとして、いちばんの分かれ目は排泄ケアを受けるかどうかだろう。トイレへの立ち座りを自分でできるよう、筋肉と骨を維持しておく。それには、駅でエスカレーターに乗らず階段にするとか、朝のパン食をちりめんじゃこと納豆とご飯に変えてみるとか。

介護に関しては認知症も、不安だ。病気は予防しきれるものではないことは、かつて病気をした私は身にしみている。それでもリスクを減らすためにできそうなことは、する。例えば残っている歯の本数と認知症のなりやすさとは関係があると聞く。それには、歯をなるべく失わないよう、歯ブラシだけでなく歯間ブラシでもみがくとか。

「それには」の発想で、どんどん具体的な次元へ落とし込んでいき、今日からでも始められることを探すのである。

ここまで読んで下さったかたはお気づきだろう。不安を手放すには、不安を漠然としたままにしないことだ。漠然としたままだと不安はふくらみ大きくなる。そうならないよう不安をいわば小分けにして、各パーツに対し、できることを「する」。

さらに踏み込んでいえば、冒頭で老いへの不安は根深いと述べたとおり、生きることに伴う根源的な不安であって、なくそうと頑張れば頑張るほど、なくせないことに苦しむ。不安をなくすことを第一目標にしないで、他に集中できるものを持ち、それに集中するうち「頑張らずして軽くなっている」ことをめざしたい。仕事、趣味、親しい人や仲間との時間、推し活など、なんでもいい。私にとっては仕事、俳句、ダンスフィットネスがそれに当たる。

併せて私はときどき「初心」に返る。病気の後人生を歩みはじめたときの「老後があれば恩の字」という気持ち。せっかく恵まれた50代、60代、その先の時間を不安で塗りつぶしてしまってはもったいないと思うのだ。

夢中になれる何かがあれば

夜に出かけるとしたら近所のコンビニかせいぜいジム。家にいるのがいちばん落ち着く。そういう私が夜遊びにデビューしたのは、ある俳人のお誘いからだ。「私たちヨギンをしているの」。夜の吟行句会の略だという。吟行とは出かけた先の題材で句を作ること。同好の士と集まり、夜限定でしているそうだ。

俳句が趣味の私は、吟行にはときどき参加する。名所旧跡、公園などを訪れる。けれどもっぱら昼間。それらの場所は夜閉まるし、そもそも暗くて見えないのでは？

「意外とできるの。その気になれば」。俳人は例を挙げる。ナイターは黒い空に白球が映えとてもきれい、競馬のナイトレースはどこかシュール。近々はナイトミュージアムへ行くという。上野の美術館で夜間開館があるそうだ。「行きたいです！」。前のめりに申し出た。

6時過ぎに集まって、ロダンの彫刻のある庭を散策。秋深い時期で日はとうに暮れ、シルエットと化した木々は紅葉とも黄葉とも詠めずとまどうが、月明かりの下の彫刻群は陰影が際立って今にも動き出しそうだ。夜は風景を幻想的にする。

吟行の後、句会の場所へ移動。句会とは作った句を、作者がわからないよう無記名で紙に書いて提出、回覧して好きな句を選び発表、どこが好きかなどを話し合った後、最後に作者が名乗り出る。自分の句が選ばれるか、選んだ句は誰のか、ハラハラドキドキ。句会というと畳の部屋に正座して粛々と短冊に筆を滑らせるイメージがあるが、実はとてもスリリングなのだ。場所も公民館や貸会議室など「和」の雰囲気にはほど遠い。

その晩美術館から移動した先は、なんとビヤホール。夜吟の句会は小腹を満たせる居酒屋が多いという。周囲に渦巻く乾杯の声。ペンケースを取り出して俳句を作る気満々でいる、参加者の皆さんの意欲と集中力にたじろぐ。ふだん冷蔵庫の音も聞こえるほどの静かな夜を過ごす私、この喧噪で俳句なんてとてもできな……くなかった。提出時間を告げられるや、内なるスイッチが突如入った。

銅像のアキレス腱に月の影　葉子
初めての夜吟に強いインパクトを受けた私は、以来はまっていった。ナイトクルーズの夜吟では、空の色がオレンジから紫に刻々と変わるのを甲板から見上げながら「同じ空がふだんの私の上にもあるはずなのに、目を向けたことがなかったのだな」と思った。季語にも夜でなければ見えないものがある。銅像の句の月がそうだし、鵜飼(うかい)の篝火(かがりび)、闇に灯る大文字（だいもんじ）、真夜中に本殿から神がお出ましになる春日若宮おん祭。訪ねてゆくうち吟行は「夜でもできる」から「夜だからこそできるものがある」に変わった。

出かけるようになったのは、介護が終了したためもある。それまでは遊びで家を空けることを考えられなかった。わずかな隙のジム通いも、介護に必要な筋肉をつけるためだった。ある夜吟でそう洩らすと同世代の参加者たちが深くうなずく。「皆多かれ少なかれ、後ろめたさを持っているのよ」「そこをなんとかやりくりして出ているのよ」。

そうまでして来るから全力で遊ぶのだ。そうまでして来るのは楽しいからだ。句会は先に述べたように無記名。「誰さんの句だから選ばないと」といった忖度（そんたく）ははたらきようがない。年齢、仕事上の序列、利害損得など、社会生活で私たちを縛るそれらはいっさい関係ナシ。まさしく大人の解放区だ。加えて吟行は同じところを歩いてきた連帯感がある。同じところを歩いてきながらこんなに違う句ができると、多様性にも気づくのだ。

夜吟にはまった私だが、夜遊び全般にめざめたわけではない。巣ごもり体質はそうそう変わらず、コロナ禍でむしろ強まった。なんたって家はエアコンの設定から、ステレオをかける・かけない、椅子の硬さや壁との距離など、すべて自分仕様。ホーム以外はどこもアウェイだ。

それでも句会とあらば出かけていく。エアコン対策用の服を持参し、そのぶん重くなった鞄を提げ、混雑する電車に乗り、話し声をイヤーマフで防御して、着いた先ではきゅうくつな席に何時間も。「好きってすごい」と自分で驚く。夢中になれるものがフットワークを軽くして、異なる環境への耐性と順応性をつける。

コロナ禍を経て、世の中では夜の催しが再開した。これからの時期ならイルミネーション。私もそろそろもう一度ヨギンを始めることにしよう。

冴ゆる夜や鳴らして缶のペンケース　葉子

五円玉の経てきた時間

空(す)いたドラッグストアで。レジカウンターには、学生アルバイトとおぼしき女性２人がいる。ひとりが突然声を上げた。「げっ、この五円玉、昭和36年だって」。もうひとりものけ反(ぞ)って「古っ！　それって１９００何年よ」。

２人の反応が軽くショックだ。昭和36年、１９６１年は他ならぬ私の生年だ。言うほど古い？　本人は充分に同時代人のつもりだが。

２人の時間的な距離感を、自分に置き換えて推し量る。私が２人と同じくらいの20歳の年である１９８１年に、62年前の硬貨に出会ったら。

１９１９年。これは古い。のけ反ってしかるべき。戦後貨幣価値が変わったため、現実には１９１９年の硬貨はもう流通していなかっただろうが。

そう、時間的な距離感には、年数だけでなくナカミも関係する。１９１９年と１９８１年の間には、なんといっても戦前・戦後の違いが横たわる。

近い年である１９１８年にお生まれの生活評論家、故吉沢久子さんの戦中日記が印象に残っている。朝の出勤電車からゆうべの空襲の焼け跡が見えたとか、出勤の途中で空襲警報に遭遇したが会社に近い駅までどうにか来た、といったことがたびたびなのだ。「そんな状況でも会社に行くの?」と驚いた。日常の非日常性に圧倒される。

その後変わったのは、貨幣価値だけではない。学制、選挙権、憲法からして何もかも。まさしく激動である。それに比べてドラッグストアの2人と私は、経済成長率の差はあるが、同じ戦後社会の子どうしだ。

感覚的な隔たりがあるとすれば、情報通信端末の普及前・普及後だろうか。友人と写真を共有するのに、フィルムを店へ持っていって焼いてもらい切手を貼って郵便で送るしかなかったなんて、信じがたいかも。定期券を改札機が読みとるのでなく、人の目でチェックしていたなんて。

改札といえば、東日本大震災が金曜に起きて、次の月曜の朝、出勤電車を待つ列が駅に長くできていた光景も、今の人が報道写真などで見たら驚くのでは。千年に一度の規模の地震が起きたのに、余震が続いていて原発のようすもわからないのに「そんな状況でも会社に行くの?　リモートじゃダメなの?」と。

ドラッグストアで会話を聞いてからほぼひと月、硬貨に刻まれた元号と年を見続けた。小口の買い物を、交通系カードで支払っていたのを現金にして、受け取るお釣りを中心に。

圧倒的に多いのが平成である。三つの元号を通過中の私には短かった気がするが、30年もあったのだ。もっとも古かったのが昭和43年の百円玉。昭和そのものが少なく、流通の場からすでに退場しつつあるのを感じる。令和生まれはさすがキラッキラ。硬貨に見る世代交代だ。

先日、目につく五円玉があった。「五」の字が筆の書体。裏返すと昭和24年とある。74年間も流通し続けている！　古物としてではなく、いまだ現役で。

手元に置きたいのはヤマヤマだったが、店で使った。現役を行けるところまで極めてもらいたく、再び世に送り出したのだった。

あの頃は気づかなかった

毎年12月は、1年を振り返る記事などを読み、おのずと回顧モードになる。ある年はミュージシャンの訃報が多かった。敬称略で挙げれば高橋幸宏、坂本龍一、谷村新司……。彼らのヒット曲が流れるのを、街でよく耳にしたものだ。私はそれほど熱心な音楽愛好家ではなかったため、カセットテープまで持っていたのは少しだが、それでも訃報に接して思い出すことはしばしばだ。享年に自分との距離感を確かめ、晩年の写真に、彼らの上にも歳月が経過したことを認め、過去映像の驚くばかりの解像度の低さに、時代を感じる。亡くなったと聞いても実感はわかないが、意外と心に影響を残す。同世代の知人との間では、どちらからともなく話題に出る。「あの人も70を超えていたんですね」「イメージできませんけど、私たちが高校生のときすでにメジャーだったわけだから」に始まって。残念ながら最近の活動に関する情報までは、お互いに持ち合わせず、話はおのずと、流行(はや)っていた当時の思い出話へ移っていく。「あの人は今」ならぬ「あの頃の私」だ。

知人は高校を卒業し初めてアルバイトした喫茶店で、曲がよくかかっていた。面倒見のいい店で、年末の仕事納めの後には、カナッペやサンドイッチをテーブルに並べ、従業員の慰労会が設けられ、知人はその席で初めてビールを飲んだ。

真っ赤な顔で家へ向かいながらドキドキした。卒業までは校則も厳しく守らせていた両親。未成年で飲酒したとわかれば、どれほど叱られるか。店へ怒鳴り込んでしまうのでは。案に相違して両親は笑って何も言わなかった。「うるさい親だと思っていたけど理解はあったな」と知人。

そう、訃報が妙に胸にこたえるのは、その曲が流行っていた頃の記憶をよびさまし、もの思いをさせるからなのだ。

知人は続ける。元夫の車の中でも曲はよくかかっていた。正月は、子ども2人と知人の両親、妹まで乗せて旅館に泊まりにいく慣わし。経済力があまりないので安い宿を探し、ガソリン代も実家と折半した。

結婚が早く夫はまだ20代だったはず。「20代で妻の一家まで連れていくなんて、今考えるとよくやっていたよ」。転職に積極的でないとか、無口で息が詰まるとか、いろいろと不満があり、後に離別に至ったが、正月に関しては「すごい」と思うという。

つられて私も思い出す。おばの連れ合い、私にとっておじだ。住まいが私の進学先に近く、受験のときや入学後もよく泊まりにいった。おじにすれば勤めから疲れて戻ると、また来ている。家族だけなら仏頂面も、自分のペースで風呂や洗面所を使うこともできるのに、せっかく帰ってもくつろげない。それでも嫌な顔ひとつせず、家族とともに食事へ連れ出してくれることもあった。管理職の年代でストレスも多く、体力も落ちてくる中、なかなかできまい。「あの頃」は気づかなかった「すごい」ことがたくさんある。

ここに挙げた人はみな故人だ。感謝と報恩をどう形にしていくか。来年以降の課題である。

ささやかな夢

今年の春、私の胸にささやかな夢が芽生えた。庭に桜の木を植えたい。マンションの1階に住んでおり、狭いながら専用庭を使える。そこにベニシダレの小さな木が1本あれば……。

遠くない公園に、好きなベニシダレの木がある。たまたま用事でそちら方面へ出かけ、車で通りかかったときに満開だった。公園の裏口。人はいない。「知られざる名木だ」と思った。10年ほど前になるだろうか。

以後毎年訪ねるように。春の陽光に揺れる薄紅色の花の明るさ、穏やかさにひかれた。遠くない、と書いたのは近くもないため。裏口とあって交通の便が悪い。電車、バス、いずれを使ってもかなり歩き、家から自転車だと、追い越される車に胆を冷やしつつ25分。咲いている間に2回行くと、体にこたえる。

この春も散るのを見送り、花期が過ぎてなお眼裏の残像を見ている自分に気づき、思ったのだ。これほど好きなら庭にあっていいのでは。咲いている間毎日見られる。

専用庭に関しマンションが定める規則に抵触せず、地面の状態としても植えられるかどうか、庭師に聞いてみよう。季節ごとに、マンションの植栽管理に来る業者がいる。夏の剪定のとき夢を話すと、理想のベニシダレはあるかと聞かれ、公園裏口の木を挙げる。

後日、資料が郵便受けに届いていた。結論を言うと難しそうだ。桜はかなり大木になるため、小さな苗を植えても、これからが木の盛りというとき、切り詰めないといけない。公園裏口の木の写真が付けてあり、真下で仰いでいるとわからなかったが、全体は2階建ての家ほどの高さがあった。あきらめる他ない。

代替案に示されたのがハナカイドウだ。薄紅色の細やかな花が、なるほどベニシダレをほうふつさせる明るさ、穏やかさ。参考画像として、庵の軒先に植わっている写真や、わが家の庭と合成したシミュレーション画像まで添付されている。桜ほど大木にならず、木に無理をさせずにすむという。

ハナカイドウをお願いした。夢の微修正である。苗木園へ行く折探しておき、冬の剪定に来たとき植え込むとのこと。

探すにあたり希望を問われる。小さな苗から育ててゆくか。初めからほどよい高さに育った木を植えるか。

後者にした。1年目の春から花盛りを見たい。健康長寿をめざす私には育ててゆく時間が充分あると信じるけれど、楽しみを先延ばしすまい。旅とか裁縫とか、憧れながらしていないことはいろいろあるが、花については、いきなりピークの中に身を置きたい。

探してきてくれたのは、丈(たけ)のある割に根を張りすぎない、狭い庭に向いている木。私の背より少し高いくらいだ。

植え込みに際しては、室内で私が座る定位置から見て、場所決めをした。長時間の自転車こぎや歩きができなくなっても、そこにいれば目に入る。晩年の父が室内用車椅子で過ごしていたのを思い出す。

落葉樹のため今は枯木だけれど、華奢な幹や枝ぶりが、すでに愛らしい。いつにもまして待たれる、来年の春である。

あとがき

身につまされる。目次に並ぶ文言に。「いつか無理になる家事」「泊まる荷物が増えていく」「元気でも危うい」……つまされるも何も、わが身に起きたことそのものだが、本にするために改めて読み、つくづく身にしみている。

ちょうど出張の予定があり、キャリーケースを物入れの奥から取り出したところだ。その際に棚板が一枚外れ、戻そうとして重さにめげた。50代のリフォームのとき工事してもらった棚。ビスの位置を変えれば、好きな高さに動かせる「可動棚」だが、この重さではいったん取り付けたらもう不動。50代との体力の違いを実感する。

出張前というのにあいにく鼻風邪をうつされた気配があり、荷物はいつも以上に多い。防寒のはおりもの、膝かけ、首巻きの他、悪くなった場合に備えて薬、大量のティッシュペーパー、鼻周りの皮膚が荒れてきたときに塗る軟膏(なんこう)。買い物が不便な海外ではなく国内、それもコンビニ、スーパーはむろん百貨店まで複数ある都市へ行くのに、この始末。備えは不安の裏返しだ。

60代に入り数年。この本の文章を書いていた間の特記すべきできごとは、年金受給の開始である。ついに！　ほんの数年間の会社勤めで年金が出るのはありがたいが、額はわずかだ。やがて受け取ることになる国民年金が、老後は主たる収入源だ。やってゆけるか。いや、やってゆかねば。

行く末を考えると不安はいろいろあるけれど、他方で日々は安らかだ。何といっても肩が軽い。背負うものが少なくなった。介護が終わり家族への責任はかなり果たした。病と対峙する緊張も和らいだ。俳句やジムで会う同世代の人はよく言っている。「あっちが痛いの、こっちが調子悪いの言いながら、今がいちばん自分のために動けている」。子どもが遅まきながら独り立ちし、それまでの心労からようやく解放されたという人も。介護がこれから始まりそうな人もいるが、だからこそ「今のうちぞんぶんに動いておく」と。出張のキャリーケースには、鼻風邪がよくなった場合にも備えて、ジムの道具を入れた。ウェアはレンタルできるから、膝のサポーターだけ持っていけば帰りに寄れる。この備えは、不安と楽しみの両方だ。動けることに感謝して日々をだいじに過ごしていき、その積み重ねが、5年後も10年後も「今が好き」と言える年のとり方につながるよう願っている。

二〇二四年冬　　岸本葉子

初出一覧

まさかの転倒	「日本経済新聞」人生後半はじめまして　二〇二三年一一月二二日夕刊
階段を踏み外す	「潮」波音　二〇二四年一月号
座るか譲るか	「くらしの知恵」二〇二四年四月号　共同通信社
タッチパネルで注文を	「日本経済新聞」人生後半はじめまして　二〇二三年七月一九日夕刊
キャッシュ払いは少数派？	「徳島新聞」ありのままの日々　二〇二三年四月二三日
まだまだ途上、セルフレジ	「徳島新聞」ありのままの日々　二〇二三年八月二七日
たまる小銭	「くらしの知恵」二〇二四年五月号　共同通信社
老後破綻を防ぎたい	「日本経済新聞」人生100年の羅針盤　二〇二四年二月二九日
年金を申請する	「日本経済新聞」人生後半はじめまして　二〇二三年七月一二日夕刊
ひとりごとは慎重に	「くらしの知恵」二〇二三年一〇月号　共同通信社
ボタンを押す癖	「日本経済新聞」人生後半はじめまして　二〇二三年五月一〇日夕刊
バージョンアップに追いつけない	「日本経済新聞」人生後半はじめまして　二〇二三年一〇月一八日夕刊
職場から地元へ	「日本経済新聞」人生後半はじめまして　二〇二四年三月二七日夕刊
適齢期を過ぎても	「日本経済新聞」人生後半はじめまして　二〇二四年二月七日夕刊
スペアの眼鏡を持ち歩く	「くらしの知恵」二〇二四年三月号　共同通信社
電車の中でイヤーマフ	「日本経済新聞」人生後半はじめまして　二〇二四年三月一三日夕刊
ポケットの問題	「日本経済新聞」人生後半はじめまして　二〇二四年二月二一日夕刊
顔を鍛える	「日本経済新聞」人生後半はじめまして　二〇二三年六月二一日夕刊
地道に努力	「くらしの知恵」二〇二三年一一月号　共同通信社
調理を休めば	「日本経済新聞」人生後半はじめまして　二〇二三年七月二六日夕刊
テイクアウトも難しい	「日本経済新聞」人生後半はじめまして　二〇二三年九月六日夕刊

どこまで掃除　「日本経済新聞」人生後半はじめまして　二〇二三年九月一三日夕刊

いつか無理になる家事　「日本経済新聞」人生後半はじめまして　二〇二四年二月二八日夕刊

「科学」で負担を軽くする　「くらしの知恵」二〇二三年七月号　共同通信社

この先のキッチン　「日本経済新聞」人生後半はじめまして　二〇二四年三月六日夕刊

もの忘れにタイマー　「くらしの知恵」二〇二三年八月号　共同通信社

泊まる荷物が増えていく　「日本経済新聞」人生後半はじめまして　二〇二三年七月五日夕刊

体力の収支　「日本経済新聞」人生後半はじめまして　二〇二三年八月九日夕刊

生存が最優先の夏　「日本経済新聞」人生後半はじめまして　二〇二三年八月二三日夕刊

ヘルメットと帽子　「くらしの知恵」二〇二三年九月号　共同通信社

夜間の受診　「日本経済新聞」人生後半はじめまして　二〇二三年一一月一日夕刊

人間ドックをどこで　「日本経済新聞」人生後半はじめまして　二〇二三年六月二八日夕刊

薬局のシニアいろいろ　「日本経済新聞」人生後半はじめまして　二〇二三年八月二日夕刊

食べるってだいじ　「日本経済新聞」人生後半はじめまして　二〇二三年一〇月二五日夕刊

少し太めがいいみたい　「くらしの知恵」二〇二四年一月号　共同通信社

元気でも危うい　「日本経済新聞」人生後半はじめまして　二〇二三年五月一七日夕刊

弱点を受け入れて　「日本経済新聞」人生後半はじめまして　二〇二三年五月三一日夕刊

膝にいよいよサポーター　「日本経済新聞」人生後半はじめまして　二〇二三年一〇月四日夕刊

ダンス寿命を延ばしたい　「日本経済新聞」人生後半はじめまして　二〇二三年一〇月一一日夕刊

補助椅子を使う　「くらしの知恵」二〇二三年一二月号　共同通信社

改めた習慣　「くらしの知恵」二〇二四年二月号　共同通信社

用意はほどほどに　「日本経済新聞」人生後半はじめまして　二〇二四年四月一〇日夕刊

パワーの元は　「日本経済新聞」人生後半はじめまして　二〇二四年四月三日夕刊

いくつでギアチェンジ　「日本経済新聞」人生後半はじめまして　二〇二三年九月二七日夕刊

初出一覧

働き方の変わる頃	「日本経済新聞」人生後半はじめまして　二〇二三年一一月一五日夕刊
無駄に勤勉	「日本経済新聞」人生後半はじめまして　二〇二三年一二月二〇日夕刊
続けるから動ける？	「日本経済新聞」人生後半はじめまして　二〇二四年一月一七日夕刊
ベストな頻度を探っていく	「日本経済新聞」人生後半はじめまして　二〇二四年一月一三日夕刊
少ないと楽	「日本経済新聞」人生後半はじめまして　二〇二三年六月一四日夕刊
初めての受給	「日本経済新聞」人生後半はじめまして　二〇二三年八月三〇日夕刊
聞いてみる減税	「日本経済新聞」人生100年の羅針盤　二〇二三年二月二四日
チャットボットで通じない	「徳島新聞」ありのままの日々　二〇二二年八月二八日
人手不足、ここまで	「日本経済新聞」人生後半はじめまして　二〇二三年五月二四日夕刊
ロボットの世話になる日	「日本経済新聞」人生後半はじめまして　二〇二三年八月一六日夕刊
ラーメン店抒情	「日本経済新聞」人生後半はじめまして　二〇二三年九月二〇日夕刊
まだまだ戦力	「日本経済新聞」人生後半はじめまして　二〇二三年一一月二九日夕刊
現役でいたいから	「日本経済新聞」人生後半はじめまして　二〇二三年一二月一三日夕刊
意外にめげる困り事	「日本経済新聞」人生後半はじめまして　二〇二四年一月一〇日夕刊
ひとりではどうにもならない	「日本経済新聞」人生後半はじめまして　二〇二四年四月二四日夕刊
施設入居のタイミング	「日本経済新聞」人生後半はじめまして　二〇二四年四月一七日夕刊
自分でできた	「日本経済新聞」人生後半はじめまして　二〇二四年一月二四日夕刊
始めてみる終活	「日本経済新聞」人生100年の羅針盤　二〇二三年八月三一日
墓じまいに思う	「日本経済新聞」人生後半はじめまして　二〇二四年二月一四日夕刊
保険の長いお付き合い	「日本経済新聞」人生100年の羅針盤　二〇二三年一一月二四日
今日行くところ	「日本経済新聞」人生後半はじめまして　二〇二三年一一月八日夕刊
することを持つ	「日本経済新聞」人生100年の羅針盤　二〇二三年五月二六日
不安で未来を塗り込めない	「ＰＨＰくらしラク～る♪」二〇二三年九月号　ＰＨＰ研究所

夢中になれる何かがあれば
五円玉の経てきた時間
あの頃は気づかなかった
ささやかな夢

「はれ予報」二〇二三年一二月号　しんきんカード
「日本経済新聞」人生後半はじめまして　二〇二三年六月七日夕刊
「日本経済新聞」人生後半はじめまして　二〇二三年一二月六日夕刊
「日本経済新聞」人生後半はじめまして　二〇二三年一二月二七日夕刊

本書は初出原稿に加筆修正したものです

装画　オオノ・マユミ
装幀　中央公論新社デザイン室

岸本葉子

1961年鎌倉市生まれ。東京大学教養学部卒業。エッセイスト。会社勤務を経て、中国北京に留学。著書に『エッセイの書き方』『捨てきらなくてもいいじゃない？』『50代からしたくなるコト、なくていいモノ』『楽しみ上手は老い上手』『50代、足していいもの、引いていいもの』『60代、変えていいコト、変えたくないモノ』（以上中公文庫）、『モヤモヤするけどスッキリ暮らす』『60代、かろやかに暮らす』『60代、少しゆるめがいいみたい』（以上中央公論新社）、『ひとり上手』『ひとり老後、賢く楽しむ』『ひとり上手のがんばらない家事』（以上だいわ文庫）、『60歳、ひとりを楽しむ準備』（講談社＋α新書）、『わたしの心を強くする「ひとり時間」のつくり方』（佼成出版社）、『60代、ひとりの時間を心ゆたかに暮らす』（明日香出版社）、『岸本葉子の暮らしの要』（三笠書房）、俳句に関する著書に『俳句、はじめました』（角川ソフィア文庫）、『毎日の暮らしが深くなる季語と俳句』（笠間書院）、初の句集『つちふる』（ＫＡＤＯＫＡＷＡ）など多数。

60代、不安はあるけど、今が好き

二〇二四年一二月一〇日　初版発行

著　者　岸本葉子
発行者　安部順一
発行所　中央公論新社
〒一〇〇-八一五二
東京都千代田区大手町一-七-一
電話　販売　〇三-五二九九-一七三〇
　　　編集　〇三-五二九九-一七四〇
URL https://www.chuko.co.jp/

ＤＴＰ　嵐下英治
印　刷　ＴＯＰＰＡＮクロレ
製　本　大口製本印刷

Published by CHUOKORON-SHINSHA, INC.
Printed in Japan　ISBN978-4-12-005865-3 C0095

岸本葉子＊好評既刊

モヤモヤするけど スッキリ暮らす

自粛はするけど萎縮はしない。巣ごもりは断捨離のチャンスかも！　オンラインで家トレ、お取り寄せも試して。先のみえない日々の中、心と暮らしを整えるエッセイ。

〈中公文庫〉

50代からしたくなるコト、なくていいモノ

両親を見送り、少しのゆとりを手に入れた一方、無理はきかないのが50代。自分らしく柔軟に年を重ねたい、ミドル世代のためのエッセイ。

〈中公文庫〉

楽しみ上手は老い上手

心身の変化にとまどいつつ、今からできることをみつけたい。時間と気持ちにゆとりができたら、新たな出会いや発見も？

『人生後半、はじめまして』改題　〈中公文庫〉

50代、足していいもの、引いていいもの

やるべきことは「捨てる」ことではなく「入れ替え」でした！　モノの入れ替え、コトを代えて行うなど新しい暮らしかたにシフトしよう。

〈中公文庫〉

60代、変えていいコト、変えたくないモノ

鍋が重たい、字が見えない。不測の事態が起こっても、ぶれない心で。人生後半を生きる人への応援エッセイ。

『ふつうでない時をふつうに生きる』改題　〈中公文庫〉

岸本葉子＊好評既刊

60代、かろやかに暮らす

心のゆとりができたところで、手放すものも見えてきた。失うことに潔く、変わることをおそれずに。身軽になれば、動きやすくなってくる！ 人生の再スタートを迎える気持ちで、風通しのいい日々を始めよう。

〈単行本〉

60代、少しゆるめがいいみたい

変わる自分、変わっていく社会。変化に合わせて、無理せず、楽しく、心地よく、「ちょうど良い」暮らしにリセットしたい。日々の暮らしをひとつひとつ見直しながら、新しい一歩を踏み出すためのヒントを探ります。

〈単行本〉

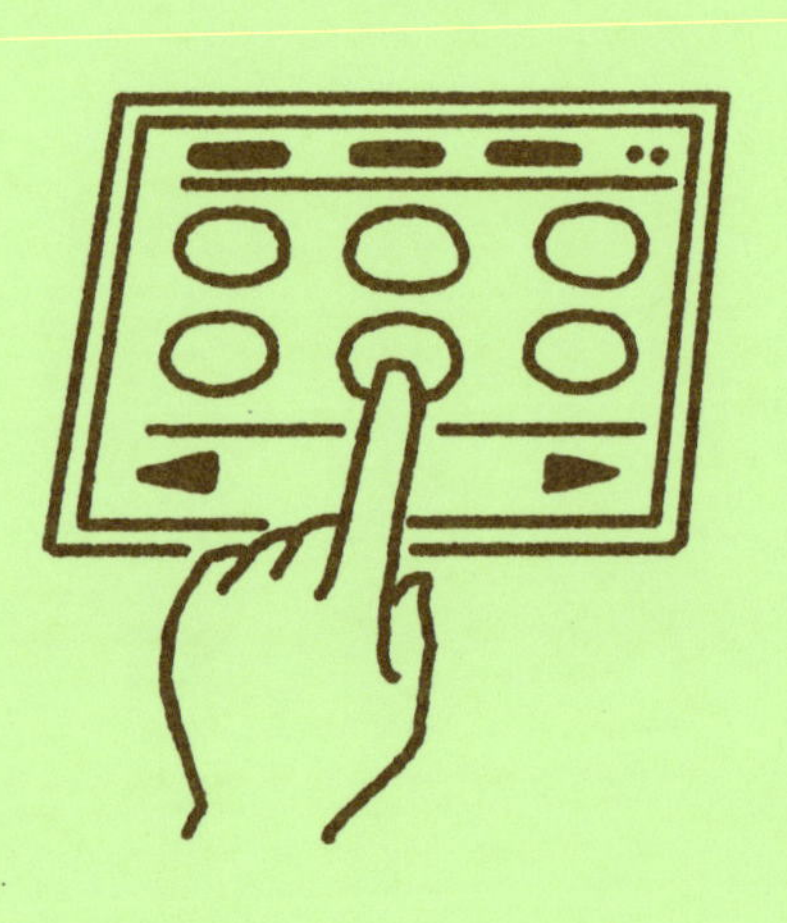